AF196323

Jannis Illgner

Friendzone

www.tredition.de

© 2017 Jannis Illgner

Verlag und Druck: tredition GmbH, Grindelallee 188, 20144 Hamburg

ISBN
Paperback: 978-3-7345-7581-5
Hardcover: 978-3-7345-7582-2
e-Book: 978-3-7345-7583-9

Prolog

Sonnenstrahlen erleuchteten das Gras. Keine Wolke war am Himmel zu sehen. Die Bäume standen in voller Pracht, Eichen, Buchen und Birken trugen ein dichtes und grünes Blättergewand. Die Pflanzen strahlten eine immense Lebensfreude und Lebenslust aus, die Blätter leuchteten fröhlich und schufen die Atmosphäre eines perfekten Sommertages. Vögel zwitscherten zwischen den Ästen: Kleine, frisch geschlüpfte Küken reckten ihre Hälse gierig nach dem Wurm, den ihre Mutter ihnen gefangen hatte. Eine leichte Brise wehte durch die grüne Idylle, brachte Blätter zum Schwingen und ließ das Gras am Fuß des Baumes wogen. Dann erklang schallend laut der Klang einer Glocke. Vögel flogen auf, aufgeschreckt von dem plötzlichen Geräusch. Eine kleine Maus steckte den Kopf aus der Erde, zog ihn jedoch direkt wieder zurück, als der durchdringende Ton ertönte. Insgesamt sieben Mal schwang der Schlägel gegen die metallene Glocke. Das Geräusch kam aus einem kleinen Turm oberhalb einer Kapelle. Als der siebte Schlag verklungen war, öffnete sich eine Tür unterhalb der Glockenkammer und zwei Männer im Anzug erschienen. Sie trugen schlichte schwarze Sakkos, weiße Hemden und polierte Lackschuhe. Mit knackenden Lauten traten ihre Sohlen auf die kleinen Steinchen auf dem Boden. Inmitten dieses grünen, idyllischen Ortes störten sie und wirkten fehl am Platz. Zwei weitere Herren, genauso gekleidet wie die ersten beiden, folgten ihnen durch die Tür. Zusammen trugen die vier eine große Bahre auf den Schultern. Zwei schlichte Metallstangen lagen auf den breiten Schultern der vier Träger und verteilten so das Gewicht gleichmäßig auf alle Beteiligten. Auf der Bahre stand ein einfacher, großer und hölzerner Sarg. Der Deckel war bereits fest verschlossen und wurde nur von einem einzigen Kranz aus weißen Rosen dekoriert.

Aus der Tür trat eine kleine Schar Menschen, alle komplett in schwarz gehüllt. Sie folgte den vier Sargträgern und bewegte sich einen engen Pfad zwischen den Bäumen entlang, vorbei an hohen Hecken und an einem bewucherten Pavillon, bis sie zu einer Stelle kam, an der das Gras verschwunden und ein Loch gegraben worden war. Das Grab lag am Ende einer Wiese. Sie war nicht gepflegt, weder gemäht noch gejätet. Wild wucherndes Unkraut leckte sich bereits die Finger, um das neue Grab in Besitz zu nehmen. Die Grube war unter einer großen Eiche ausgehoben worden und das dichte Blätterdach spendete Schatten für die wenigen versammelten Menschen, sodass einige sich fröstelnd die Arme rieben. Die vier Männer stellten die Trage ab und banden Seile an die Griffe des Sarges. Dieser wurde angehoben, während sich die Träger um die Grube herum verteilten und anschließend den Sarg hinabließen. Mit dem Herabsenken setzte ein Bläserquartett an und begann, eine tragende Melodie zu spielen. Stück für Stück wurde der Sarg weiter abgelassen, immer darauf bedacht, dass der Rosenkranz nicht herunter fiel oder irgendwo aneckte. Zwei Minuten dauerte es, bis das Holz den Boden berührte. Anschließend verstummten die Bläser. Ein Mann in schwarzer Robe trat vor die Trauergemeinde und erhob die Stimme:

„Liebe Angehörige, liebe Freunde. Wir haben uns heute hier versammelt um einem geliebten Menschen die letzte Ehre zu erweisen. Ich selbst kannte diesen Mann nur flüchtig, doch das, was ich von ihm kannte, war gut. Er war ein guter Mensch und jemand, der Wert darauf legte, ehrlich zu anderen zu sein. Trotz seiner Krankheit, die ihm viel Leid und Schmerzen bereitete, legte er stets Wert darauf, seine Familie und Freunde in allen Situationen zu unterstützen und sie seine Liebe spüren zu lassen… Ein geliebter Freund und Vater ist von uns gegangen, viel zu früh wurde ihm das Leben entrissen. Es muss Gottes Wille gewesen sein, der ihn zu sich rief. Gott wollte ihn von seinem Leiden erlösen, welches er tagtäglich erdulden musste. Seinem Sohn wurde der Vater genommen, ehe die Zeit gekommen war. Seinen Freunden wurde ein Mensch gestohlen, ein anständiger und liebenswerter Mann.

Lasst euch allen trotz des plötzlichen und schmerzlichen Verlustes gesagt sein, dass dieser Mann, egal ob Vater oder Freund, für immer in euch, in euren Herzen, aber auch in euern Taten weiterleben kann und wird, wenn ihr es nur zulasst. Behaltet ihn so in Erinnerung wie er war: Als ehrlichen und liebenswerten Mann, als guten Freund und verantwortungsvollen Vater." Nach dem Ende der kurzen Rede herrschte ein betretenes Schweigen. Einzelne Schluchzer waren zu hören, weiße Tücher wurden gezogen, um die Tränen zu trocknen. Erneut begannen die Bläser zu spielen, eine Melodie, noch trauriger als die Vorherige. Einzeln trat jeder der Anwesenden vor das Grab und richtete ein paar letzte Worte an den Verstorbenen.

Dann trat ein Jugendlicher aus den Reihen hervor und blieb an der Kante des Grabes stehen. Stumm rannen die Tränen seine Wangen hinab und tropften von seinem Kinn auf die Erde. In den Händen hielt er ein Foto von sich selbst. Langsam ging er in die Knie, hockte sich auf die Fersen und verharrte einige Zeit in dieser Haltung. Wie versteinert betrachtete er den hölzernen Kasten in der Grube. Er legte das Foto hinab auf den Sarg, stand wieder auf und senkte den Kopf. In seinen verquollenen Augen lag ein flehender, hoffnungsloser Ausdruck. Jedem, der diesen Blick zu spüren bekam vermittelte er eine stumme Frage. *Warum?* Einen letzten Blick auf den Sarg und das Grab richtend, wandte sich der Junge ab und stellte sich abseits von den anderen Trauergästen. Still rannen die glitzernden Tropfen das Gesicht hinab. Alleine blieb er dort, verlassen von allen. *Warum hatte man ihm das angetan? Warum gerade er? Warum hatte man ihm seinen Vater genommen?*

Abschied

„Steig in das Auto! Komm, beeil dich, ich habe nicht ewig Zeit!", fuhr ihn seine Mutter an, als er langsam die Haustür hinter sich zuzog. Sie war weiß und die Anfangsbuchstaben aller Familienmitglieder grüßten ein letztes Mal von einem kleinen Schild am Türrahmen. Ein letzter Blick auf das Heim in dem er aufgewachsen war. Einladend, heimatlich, zuhause. Die Augen schweiften über die große Fensterfront im ersten Stock, wanderten hinauf in die zweite Etage, blieben an den Scheiben hängen, hinter der sich sein Zimmer verbarg. Dort hatte er die letzten sechzehn Jahre seines Lebens verbracht. Das Wohnzimmer, in dem er früher mit seinem Vater herumgetollt hatte, der Partykeller, wo die beiden oft zusammen Tischtennis oder Billard gespielt hatten. All das würde jetzt für immer aufgegeben werden. Für immer zurückgelassen. Erinnerungen verloren. Trauer.

Mit einem schweren Seufzer wandte sich der Junge ab, Tränen in den Augen. Nicht mal eine Woche hatte seine Mutter ihm Zeit gelassen, um das Wichtigste zusammenzupacken, seine liebsten Dinge in Kartons zu verstauen und aus dem Haus zu schaffen. Und selbst in dieser kurzen Zeit waren ihm noch Vorgaben gemacht worden: „Du darfst maximal so viele Dinge mitnehmen, wie ins Auto passen.", hörte er sie in seinem Kopf. „Ich zahle doch kein Geld für ein Transport- oder Umzugsunternehmen, nur damit du ein paar unwichtige, ersetzbare und wertlose Sachen mehr in meiner Wohnung verstreuen kannst." So war ihm nichts anderes übrig geblieben, als seine Bücher, Klamotten und anderen Besitztümer möglichst platzsparend in Kartons zu verstauen. Sein früheres Leben auf zehn Kartons zu reduzieren. Doch das war noch nicht alles gewesen, was seine Mutter ihm vorgeschrieben hatte: „Ich will in meiner Wohnung kein einziges Stück sehen, das mich an deinen Vater erinnert. Wenn ich dort ein Foto oder sonst irgendetwas von ihm finde, kannst du sehen, wo du bleibst!" Mit ihrem wutverzerrten Gesicht hatte sie keine Zweifel an der Ernsthaftigkeit ihrer Worte gelassen und daher hatte der Junge alles, was früher seinem Vater gehört hatte oder auch nur im Entferntesten mit ihm in Verbindung stand, zurücklassen müssen. Es gab vieles, was er mitnehmen wollte. Viele Stücke, an denen Erinnerungen hingen. Bilder und Fotos, die er sich niemals wieder anschauen könnte. Gegenstände, die die einstige Liebe dieses Ortes zurückbrachten. Doch ganz wollte der Junge seinen Vater nicht aus seinem Leben verbannen. Er wollte es nicht, und er konnte es nicht. Auf Handy, iPod und Laptop häuften sich Fotos der gesamten, ehemals intakten Familie.

„Wenn du nicht einsteigst, fahre ich ohne dich!" Das Gezeter aus dem Auto riss den Jungen aus seinen Gedanken. Wie hatte sich diese Frau in so kurzer Zeit bloß so schnell verändern können? Wie konnte aus einem gefühlvollen und mitfühlenden Menschen so eine Furie hervorbrechen? Er hatte keine Chance zu bleiben und musste seiner Mutter folgen, so wie es der Richter beschlossen hatte. Gleich am Tag nachdem sein Vater verunglückt war, hatte der Richter den Antrag auf das Sorgerecht erhalten und diesem stattgegeben. Dem Jungen blieb keine Wahl. Er hatte sich dem Urteil fügen müssen.

Er fasste den schwarzen Griff der dunklen Autotür, öffnete diese und ließ sich auf die Rückbank sinken. Kaum war die Tür ins Schloss gefallen, heulte der Motor auf und das Auto brauste mit hoher Geschwindigkeit davon.

Als sie aus der Siedlung herausfuhren, wollte der Junge einen letzten Blick auf sein altes Haus, seine alte Nachbarschaft, auf sein gesamtes altes Leben werfen, ein letztes Bild in seinem Gedächtnis anlegen, bevor es für immer verloren gehen konnte. Doch seine Mutter fuhr zu schnell, und verhinderte damit jeden klaren Blick auf das, was der Junge bis vor fünf Minuten noch Zuhause nennen konnte. In stiller Trauer schloss der Junge die Augen. Langsam wurde sein Atem ruhiger, sein Puls beruhigte sich. Tränen trocknen, Schmerz betäubt, doch die Leere bleibt. Eine Lücke, die nicht gefüllt werden kann.

Durch einen starken Ruck wurde er urplötzlich aus dem Schlaf gerissen. „Wir sind da", grummelte es von vorne. Der Junge öffnete die Tür und stieg aus. Sofort wurde ihm bewusst, dass er sich in einer Allee befinden musste. Die Straße war nicht asphaltiert, sondern bestand aus tausenden aneinandergereihter Pflastersteine in einem dunklen grau. Rechts, links, sowie auf dem Mittelstreifen der Straße standen im Abstand von ungefähr zehn Metern große Buchen, deren dichtes

Blätterwerk nur spärliches Licht hindurch ließ. Beiderseits des Bürgersteigs waren exakt gleiche Reihenhäuser gebaut worden. Soweit seine Augen es überblicken konnten, gab es keine einzige Lücke. Zwischen den Häuserfronten war es wie in einer engen Schlucht: Gepresst, beklemmend, isolierend.

Kleine Beete lagen vor den Hauseingängen, doch viele waren von einer hohen Mauer umgeben, sodass nur wenige Farbtupfer hervorstachen.

Ohne etwas zu sagen, stieg seine Mutter aus dem Auto, knallte die Tür hinter sich zu, ging zum Haus mit der höchsten Mauer und öffnete das elektronisch verriegelte Tor mit einer Tastenkombination. Es glitt auf und sie schritt hindurch, ohne auf den Jungen zu warten. Kurz vor dem Hauseingang drehte sie sich, nur mit einer kleinen Handtasche über der Schulter, noch einmal zu dem völlig überrumpelten Jungen um. „Ich habe das Auto aufgelassen, du kannst deine Kartons hochtragen."

Es begann bereits zu dämmern, als das Zimmer fertig eingeräumt war. Da die Bäume das meiste Licht von seinem Fenster fern hielten, musste der Junge schon jetzt das Licht einschalten.

Nachdem der letzte Karton entleert, zusammengefaltet und weggestellt worden war, schaltete er seine Musikanlage ein und ließ sich völlig erschöpft auf das Bett sinken. Die Matratze war weich und der Bettbezug neu und modisch, schlicht in schwarz und weiß gehalten, genauso wie der Rest des Zimmers. Es war kleiner als sein altes Zimmer, doch ohne Schrägen und mit den neuen Möbeln schien es, als habe er mehr

Platz als zuvor. Doch der Raum wirkte kalt. Die Wände waren in sterilem krankenhausweiß getüncht worden, auf dem Boden lag ein hellbeiger Teppich. Nicht, dass die Farben nicht miteinander harmonieren würden, doch ohne jeglichen farblichen Akzent fehlte dem Raum etwas. Die Möbel, allesamt aus hellem Birkenholz, besaßen keine runden Ecken, jede Kante war breit und spitz.

Alleine beim Ausräumen der Kartons hatte der Junge sich schon ein dutzend blaue Flecken und einige leichte Schürfwunden zugezogen, als er die Scharfkantigkeit seiner Möbel vergessen oder unterschätzt hatte.

Jetzt war alles fertig, die Bücher präsentierten sich auf mehreren versetzten Regalen über dem Kopfende des Bettes, die Schullektüren lagen ordentlich sortiert auf einem kleineren Regal über dem großen Schreibtisch. Darauf standen ein Bildschirm, eine Tastatur, Maus und ein Drucker. Sein Laptop stand in einer Tasche unter der Arbeitsfläche.

Mit schlurfenden Schritten ging der Junge zum Bücherregal und zog ein kleines Buch hervor. Der Buchrücken war mit schwarzem Leder bespannt, nur auf dem Buchdeckel waren in weiß zwei Wörter eingestickt worden.

Würde seine Mutter dieses Buch finden, säße er schneller vor der Tür, als er Dad sagen konnte. Es war ein Geschenk von seinem Vater zum letzten Geburtstag gewesen. Eingestickt stand dort auf dem Buchrücken in großen und schwungvollen Buchstaben:

Von Paps

Ein lächelnder Mann Mitte vierzig blickte ihm vom Cover entgegen. Neben seinem Portrait waren ein paar kurze Zeilen abgedruckt. Mit dem Finger fuhr der Junge jedes einzelne Wort nach und wollte sich überzeugen, dass sie wirklich da waren und konnte doch nicht glauben, dass alles so treffend über ihn hereingebrochen war.

Mein lieber Sohn, was auch immer passiert,
Ich werde stets bei dir sein.
Denk immer daran, dass dein Vater dich nie verlassen wird.
Ich bin immer für dich da!

Ein feuchter Tropfen traf sanft auf die Seite und durchweichte die Stelle, an der er aufgekommen war. Der Junge versuchte seine Gefühle zurückzuhalten, doch es war ihm nicht möglich. Das alles war noch viel zu frisch, der Verlust, ein Abschied, den er nie hatte nehmen können.

Lina

Um halb sieben klingelte der Wecker und riss den Jungen aus dem Schlaf. Müde wälzte dieser sich herum und suchte den Knopf, um das nervende Geräusch abzustellen. Er schlug die Augen auf und blickte sich um. Der Junge suchte nach dem vertrauten Licht, das ihn jeden Morgen begrüßte. Horchte nach dem Hahn des Nachbarn, der stets sein Aufwachen begleitete.

Im ersten Moment war ihm nicht bewusst, wo er sich befand. Er fand weder Licht noch hörte er ein Tier. Das einzige, was seine Ohren wahrnahmen, war das gelegentliche Rattern eines Autos oder LKWs.

Erst jetzt dämmerte ihm die Erkenntnis und die Erlebnisse der vergangenen Tage bahnten sich ihren Weg zurück in seinen Verstand. Seit mittlerweile einer Woche lebte er bei seiner Mutter, doch kam es ihm vor, als sei schon eine halbe Ewigkeit vergangen. Hier war jeder Tag gleich, grau, monoton und langweilig. Ausweglos.

Seine eigene Mutter bekam er nur selten zu Gesicht, von morgens bis spät abends musste sie arbeiten, und wenn sie dann nachts nach Hause kam, hatte sie weder Lust noch Laune sich mit ihrem Sohn zu beschäftigen. So hatte er sich die letzten Tage in seinem Zimmer verkrochen und hatte es, nur wenn es wirklich nötig gewesen war, verlassen. Er saß hier fest, kannte sich nicht aus und hatte auch noch keine Bekanntschaften gemacht. Wie auch, da er in dieser Stadt sowieso noch keine Menschenseele kannte.

Der Schmerz über den Verlust war allgegenwärtig, begleitete seine Gedanken in jeder Sekunde des Denkens und isolierte ihn vom Rest der Welt.

Doch heute war ein besonderer Tag. Zum ersten Mal würde er das Haus für einige Stunden verlassen, denn heute begann das neue Schuljahr.

Der Junge schlug die Beine über die Bettkante, stand auf und bewegte sich in Richtung Bad. Die eiskalte Dusche machte ihn schlagartig hellwach. Für einen minimalen Moment übertönte der frostige Schock sogar seinen Schmerz, doch dann gewöhnte sich sein Körper an das kalte Wasser und die üblichen Gedanken waren wieder da.

Nach der Morgenwäsche, vor dem Kleiderschrank stehend, fragte er sich, was sich heute wohl am besten tragen ließ.

Die Wetteraussichten waren schlecht, das Internet sagte, es solle den ganzen Tag regnen oder bewölkt sein. Der Junge entschied sich für ein schlichtes, schwarzes T-Shirt. Dazu wählte er eine dunkle Hose, nicht schwarz, aber in einem sehr dunklen grau gehalten.

Ohne Frühstück verließ er das Haus, zog die Tür hinter sich zu und machte sich auf den Weg zur Schule.

Unterwegs wurde ihm klar, dass man diese Straße ohne seine Sorgen als angenehmen Wohnbereich bezeichnen könnte. Doch der stete Strom von Fahrzeugen, die pausenlos vorüberfuhren und mit ihren Abga-

sen das Atmen schwer machten, ließen das Ange-
nehme hinter einem stinkenden Dunstschleier verschwinden.

Von oben trommelten kontinuierlich Tropfen auf
seine frisch gestylten Haare und liefen ihm teilweise
auch in den Nacken. Kein bisschen blau war am Himmel zu erkennen, alles verborgen von einer dicken,
grauen Schicht aus Wolken. Hier war es so anders als
in seiner Heimat. Die Füße trugen ihn weiter und weiter, einen in Gedanken versunkenen Jungen, in eine
Richtung, in welcher die Schule liegen musste. Weil
er den Blick nicht hob, bemerkte der Junge nicht, wie
vor ihm ein Tor auftauchte. Erst, als er mit der Nase
fast dagegen stieß, hielt er an und sah verwundert auf.
Auf einem Schild stand in großen blauen Buchstaben
der Name der Schule, die er in Zukunft besuchen
würde. Graue Klötze in einer grauen Stadt. Zögerlich
trat er durch das Tor. Niemand war hier. Er blickte auf
sein Handy. Es zeigte 20 vor acht, er war also früh
genug. Er schlug den Weg zum Hauptgebäude ein.
Graue Wege, graue Wände, graue Treppen. Alles war
grau, farblos und trostlos. Nur auf dem großen Schulhof standen Bäume, die mit Sitzbänken umgeben waren. Auf ihnen lag der Schatten der großen Bäume und
verschluckte alles eventuell nicht Asphaltschwarze.
Die Gebäude waren flach gehalten, umspannten jedoch den gesamten Platz. Der Junge fühlte sich eingeengt und gefangen.

Er hielt auf den größten der flachen Bauten zu und
trat durch die Tür. Innendrin empfingen ihn weiße

Wände und ein Geruch nach Putzmitteln. Orientierungslos sah der Junge sich um. Nirgendwo ein Bild oder ein Gemälde an der Wand, alles streng steril gehalten. Gestern Morgen lag ein Zettel auf dem Tisch, wo ihm seine Mutter eilig hinterlassen hatte, dass er sich heute am Lehrerzimmer melden sollte. Mehr war da nicht gewesen, kein Name, keine Klasse, nicht einmal ein „HDL Mama!"

„Entschuldigung, kann ich dir helfen?" Die Stimme ließ den Jungen herumfahren. Jetzt sah er eine Frau im mittleren Alter die ihn fragend anblickte. „Lehrerzimmer", stammelte er hervor. „Du bist neu hier", stellte sie fest und gab ihm mit einem Wink zu verstehen, dass er ihr folgen sollte.

Am Lehrerzimmer angekommen, verschwand sie ohne ein Wort durch die Tür und ließ den Jungen alleine zurück. Ein dreifach geteilter Gong hallte durch das Gebäude. Neben der Tür zum Lehrerzimmer hing ein großes eingerahmtes Dokument an der Wand. Das erste, was er hier an einer Wand hängen sah.

„*Hausordnung*" lautete die Überschrift. Halbherzig studierte der Junge diese.

Der Unterricht begann um acht Uhr, jede Stunde dauerte 45 Minuten, dazwischen waren je fünf Minuten Pause. Zwischen der zweiten und dritten, und zwischen der vierten und fünften Stunde war je eine große Pause von 25 Minuten.

Die Formalitäten waren denen seiner alten Schule recht ähnlich, damit endete aber auch schon jede Gemeinsamkeit. Besonders diese kalte unfreundliche Umgebung, wie in einem Krankenhaus, erinnerte den

Jungen stärker als gewünscht an sein neues „Zuhause".

Zum zweiten Mal erklang der Gong und mit dem Letzen Ton öffnete sich die Tür und ein älterer, weißhaariger Mann erschien im Türspalt. Er fragte nach dem Namen des Jungen und bat ihn dann freundlich mitzukommen. Unsicher folgte dieser dem Lehrer bis vor die Tür eines Klassenzimmers. Der ältere Lehrer öffnete diese, trat ein und hielt dem Jungen die Tür auf. „Warte hier in der Ecke bis ich dir Bescheid gebe!", meinte er. Dann drehte er sich von ihm weg zur Klasse.

Gehorsam stellte sich der Junge in die Ecke, wartete ab, blickte sich um und hörte mehr oder weniger zu, was der Lehrer zu sagen hatte. Das Klassenzimmer war groß und hohe Fenster säumten die Seite, die zum Schulhof zeigte. In der Klasse saßen etwa 25 Schüler und starrten sowohl ihn als auch den Lehrer fragend und erwartungsvoll an, um zu erfahren, was es mit dem Neuling auf sich hatte. „Ich hoffe, ihr alle seid gut erholt und frisch aus den Ferien zurückgekommen", erklang dessen tiefe Stimme. „Hoffentlich beginnt dieses Schuljahr genauso gut wie das Letzte geendet hat.

Ich habe großen Respekt vor der Stärke eurer Klassengemeinschaft und hoffe, dass ihr auch in diesem Jahr so gut zusammen halten werdet, wie in den Jahren zuvor. Einheit ist der Weg zum Ziel. Ihr müsst zusammenhalten, wenn ihr etwas erreichen wollt. Denn als Gruppe seid ihr stärker als alleine. Zur eurer

Unterstützung habe ich euch einen neuen Schüler mitgebracht. Komm nach vorne und stell dich kurz vor!"

Nachdem der Junge sich vorgestellt hatte, wies ihm der Lehrer einen Einzelplatz in der letzten Reihe zu. Dort verbrachte er den Rest der Stunde damit, sich die langwierigen Erläuterungen des Lehrers zum Schulbetrieb anzuhören, obwohl er genau wusste, dass sie fünf Minuten später schon wieder aus seinem Gedächtnis gelöscht sein würden. Während des gesamten Vortrags lag sein Blick auf dem betonierten Schulhof. Er sah die grauen Mauern der anderen Gebäude und entdeckte ein schlecht gespraytes Graffiti an einer Mauer. Es machte sie sogar noch hässlicher als die monotone Farblosigkeit es ohnehin schon tat.

Der Gong zum Stundenschluss kam überraschend. Die meisten seiner neuen Mitschüler sprangen sofort auf und stürmten aus dem Raum, nur einige wenige ließen sich etwas mehr Zeit, ihre Sachen zusammenzupacken.

Unter ihnen war ein Mädchen, welches der Junge erst jetzt bemerkte. Sie war etwas kleiner als er, trug lange blonde Haare und war modisch gut gekleidet. Als sie sich seines beobachtenden Blickes bewusst wurde, wandte er sich langsam ab, packte seine Tasche zu Ende und verließ das Klassenzimmer.

Der Weg nach Hause war schnell geschafft, doch legte er nur seine Tasche ab und begab sich direkt wieder nach draußen. Er wollte nicht noch länger eingesperrt sein, und gerade hatte es aufgehört zu regnen, also suchte er ein bisschen Freiheit, eine Erinnerung an seine frühere Heimat, die ihm schon jetzt wie ein verblassender Traum erschien.

Geistesabwesend zog er durch die Allee und gelangte in einen kleinen Park. Der Weg, komplett mit Kieselsteinen bedeckt, führte zwischen bewucherten Rasenflächen hindurch zu einem kleinen Platz in dessen Mitte ein riesiger Baum emporragte. Um den Stamm waren Bänke aufgestellt.

Der Junge ließ sich auf eine davon sinken und steckte sich seine Kopfhörer ins Ohr. Mit geschlossenen Augen lauschte er der Musik. Erinnerungen. Heimat.

Als eines der Lieblingslieder seines Vaters begann, stieg in dem Jungen ein Schmerz auf. Ein Gefühl der Einsamkeit und Verlassenheit ergriff ihn und ließ, selbst nach dem Ende des Liedes, nicht mehr los. Eine ganze Zeit lang verharrte er hier, hilflos und verlassen von der Welt. Er war eine einsame Statue, erbaut und zurückgelassen, versteinert von innen heraus.

Plötzlich berührte etwas seine Schulter. Überrasch schreckte er auf und nahm die Hände vom Gesicht. Die Kopfhörer waren ihm von den Ohren gerutscht. Dann fixierte sich sein Blick auf die fremde Hand, die dort tröstend auf seiner Schulter lag. Die Augen folgten dem Arm und blickten schließlich in ein hübsches

Gesicht. Neben ihm saß das blonde Mädchen, welches ihm schon in der Schule aufgefallen war. Sie bemerkte seinen Blick und lächelte. „Hallo, ich bin Lina. Du bist neu bei uns in der Klasse, oder?", fragte sie mit sanfter und interessierter Stimme. Ein Luftstoß spielte mit ihren blonden Haaren und ließ sie umherwirbeln. Der Junge räusperte sich. „Ja, richtig, ich bin seit letzter Woche in der Stadt." Wieder lächelte sie. „Darf ich dich nochmal nach deinem Namen fragen? Ich glaube ich habe heute in der Schule nicht richtig aufgepasst, als du dich vorgestellt hast. Tut mir echt leid." Ihre Wangen röteten sich leicht, es war deutlich zu sehen, dass es ihr unangenehm war.

„Tim", war seine Antwort. Ihr Lächeln wurde breiter. „Freut mich dich kennenzulernen. Sie reichte ihm die Hand und zwinkerte ihm zu. Er ergriff und schüttelte sie.

„Was machst du hier ihm Park?", fragte Lina ihn.

„Hmm, ich weiß nicht. Ein bisschen den Gedanken nachhängen, denke ich", erwiderte Tim. Lina nickte verständnisvoll, sagte aber nichts weiter. Nach einer kurzen Pause schob Tim ein „und du?" hinterher.

„Ein bisschen rumchillen.", fing Lina an zu erzählen. „Ich laufe öfter einfach mal durch die Gegend und gucke, wen ich so treffe. Und als ich dich grade auf der Bank gesehen habe, dachte ich mir, ich sag einfach mal hallo."

Dann saßen Tim und Lina für ein paar Minuten nebeneinander und schauten zu, wie die dunklen, grauen Wolken über den Himmel zogen.

„Du sorry, aber ich muss leider schon wieder los", beendete Lina das gemeinsame Schweigen mit einem Blick auf ihre Uhr. Sie wandte sich zum Gehen. Doch nach ein paar Schritten drehte sich Lina noch einmal um und rief Tim mit lebhafter Stimme „Bis morgen dann!" zu.

Als Lina gegangen war, runzelte Tim verwundert die Stirn. Die tiefe Traurigkeit, die er empfand, kurz bevor Lina ihn getroffen hatte, war zwar nicht verschwunden, doch belastete sie ihn ein bisschen weniger als zuvor. Seine Tränen hatten aufgehört zu fließen, ohne dass er es mitbekommen hatte.

Jetzt blickte der Junge nach oben. Es dämmerte bereits und obwohl die Wolken nicht mehr tief grau waren, wurde es zunehmend dunkler. Tim war gar nicht bewusst gewesen, wie lange er hier gewesen war. Wie lange hatte Lina neben ihm gesessen?

Als er die Haustür aufschloss, hallte die Stimme seiner Mutter aus dem Wohnzimmer. „Wo hast du dich so lange herumgetrieben?" Sie ignorierend ging Tim auf sein Zimmer und schloss die Tür hinter sich. Müde und erschöpft ließ er sich auf das Bett fallen und spürte zufrieden die sanfte Umarmung der gepolsterten Matratze.

Dann griff er unter das Kopfkissen und zog das kleine schwarze Buch mit dem Ledereinband hervor. Diesmal schlug er nicht die erste, sondern die dritte Seite auf. Zum Vorschein kam ein Junge in seinem Alter. Er hatte etwas dunkleres Haar als Tim und war ein bisschen kleiner, doch vom Gesicht her glichen sich die beiden. Unter dem Foto stand in Handschrift ein kurzer Spruch: „Ich war auch mal so wie du."

Tim starrte auf das Bild und musste die Tränen unterdrücken. Wieder kochten die Emotionen hoch und drohten ihn zu übermannen. War sein Vater wirklich so wie er gewesen?

Vom Äußeren waren sie sich zwar ähnlich, doch glich er seinem Vater auch von innen? Stets war er Tim ein Fels in der Brandung gewesen. Ein Ast, an dem man sich festhalten konnte, um nicht von der Strömung davon getrieben zu werden. Die Rettung in der Not, egal wie groß sie auch gewesen war.

Sein Vater war ihm immer ruhig und freundlich, aber gleichzeitig offen und herzlich erschienen. War Tim genauso? Er bezweifelte es und bereute außerdem, das Gespräch mit Lina nicht länger aufrechterhalten zu haben.

Der nächste Schultag begann genauso wie der Vorherige. Tim blickte aus dem Fenster auf den Schulhof und verfolgte den Lauf der Wolken am grauen Himmel. Zwischendurch machte er sich Notizen in sein Heft und schrieb etwas von der Tafel ab, jedoch war das Thema alles andere als spannend. Als der erlösende Gong die Stunde beendete, verließ Tim den Raum und setzte sich draußen auf eine der zahlreichen auf dem Schulhof stehenden Steinwälle.

Dann beobachtete er das Treiben auf dem Schulhof. Viele kleinere Kinder liefen schreiend und lachend umher und versuchten einander zu fangen. Die etwas Älteren standen in kleinen Gruppen zusammen und unterhielten sich über irgendwelche Themen. Außer Lina hatte noch niemand von seinen neuen Klassenkameraden mit ihm gesprochen, das war aber auch nicht verwunderlich. Er hatte gestern nur seinen Namen und seinen Wohnort genannt und sich dann, in der Hoffnung auf keine weiteren Fragen, auf seinen Platz gesetzt und war in seinen Gedanken versunken.

Trotz der abwesenden Sonne war es ein warmer Sommertag, Insekten sirrten durch die Luft, nervten Tims Gehör, brummten an seinen Ohren und setzten sich letztendlich auf die wenigen Blumen, die als Unkraut in den Fugen zwischen den Steinen wucherten. Ein kühlender Wind fuhr durch die Luft, als vor Tims Füßen eine weiße Masse auf den Boden klatschte. Er blickte nach oben und sah einen Vogel davonfliegen.

Dann fiel ein Schatten auf ihn. „Hey", erklang die gleiche fröhliche Stimme wie am Tag zuvor. „Das war aber knapp", meinte Lina und grinste breit. „Darf ich mich setzen?"

Nach deutlich zu langer Reaktionszeit nickte Tim.

„Hast du heute Nachmittag schon was vor?", erkundigte sie sich. Tim schüttelte den Kopf, den Blick auf seine Füße gerichtet. Gerade hatte er einen kleinen Stein entdeckt, welchen er zwischen seiner Sohle und dem Boden einklemmte und abstrakte Muster in den Asphalt ritzte. „Super. Dann hast du es jetzt. Wenn du willst, zeige ich dir ein bisschen die Umgebung. So lange bist du ja noch nicht hier, oder?", holte ihn Lina schließlich wieder ins Gespräch zurück.

„Nein, erst seit knapp zwei Wochen." Tim scharrte mit den Schuhen. „Und seitdem bin ich noch nicht wirklich aus dem Haus gekommen." Entschuldigend blickte er ihr in die freundlichen Augen.

„Na dann ändern wir das heute mal. Bis nach der Schule dann!" Damit erhob sich Lina und ging leichten Schrittes davon.

Wieder war da dieses unbekannte Gefühl, das Tim nicht einordnen konnte. Für den minimalen Moment ihrer Anwesenheit war sein Schmerz abgestumpft gewesen, fast betäubt. Jetzt aber brach er wieder über den Jungen herein und ließ Tim mit dem Kopf zwischen den Händen verzweifeln. Wo war all das Bekannte, das Vertraute? Freunde, Heimat, Familie? Man konnte ihm nicht helfen. Er war allein in der Welt.

Lina erwartete ihn am Schultor, welches sich eng zwischen die die Schule umgebende Mauer aus grauem Gussbeton drückte. „Da bist du ja", empfing sie ihn. „Ich dachte schon, du haust einfach ab und lässt mich hier alleine stehen." Fröhlich blickte sie in sein Gesicht, auf dem sich jetzt fast unmerklich die Ansätze eines Lächelns abzeichneten. Wie schaffte sie das nur? Doch genauso plötzlich, wie es erschienen war, verschwand das Lächeln auch wieder.

„Hast du Lust, einen kleinen Spaziergang zu machen? Ich kenne ein paar schöne Wege im Wald.

Wenn du möchtest, zeige ich sie dir. Die sind echt gut zum Ablenken und um den Kopf frei zu kriegen. Das kann ja nie schaden." Ihr strahlendes Lächeln überzeugte Tim, langsam mit dem Kopf zu nicken. „Super!", war alles, was er danach noch hören konnte, bevor sie seine Hand fasste, die Führung übernahm und ihn hinter sich herzog.

Mit zielstrebigen Schritten ging sie voran und wusste genau, wohin sie gehen musste. Tim fügte sich ihr ohne Widerstand. Er hatte keine Lust auf Diskussionen und Erklärungen und sah ohnehin keinen Grund dazu.

Eine ganze Weile gingen die beiden schweigend nebeneinander her. Mittlerweile hatte sich die Sonne ein kleines Loch in der Wolkenschicht erkämpft, und wo Tim und Lina mit den Sonnenstrahlen in Berührung kamen, wärmten diese die beiden. Immer weniger Gebäude erschienen abseits des Weges den Lina einschlug, bis Tim sich auf einer grünen Wiese wiederfand.

Er hatte keine Ahnung, wie er hierher gelangt war. Lina hatte zu oft die Richtung gewechselt. Auf jeden Fall würde er alleine nicht ohne weiteres zurückfinden. Die Autos waren verschwunden und keine Gebäude sprossen hier aus dem Boden. Lina ließ sich ins Gras fallen und deutete neben sich. Tim überlegte kurz, dann legte auch er sich ins Gras.

Die beiden lagen nebeneinander auf dem Rücken und schauten in den Himmel. Kein künstlicher Laut war zu hören, kein lärmender Verkehr, kein hektisches Treiben. Alles war ruhig, nur die Geräusche der Natur drangen an ihre Ohren.

Ein Schmetterling flatterte vorüber. Zitronengelb hob er sich kaum von der Stelle ab, an der Tim und Lina lagen. Erst als er sich auf Tims dunklem T-Shirt niederließ, wurde der Kontrast deutlich. Neugierig tastete er sich mit seinen kurzen Beinen den Weg zu dem Klecks aus roter, gelber und blauer Farbe in der Mitte des Shirts. Als er seinen Rüssel ausfuhr und feststellen musste, dass es aus Tims T-Shirt keinen Nektar zu trinken gab, flatterte er zwei Mal mit den Flügeln und hob ab. Lina begann zu kichern und lachte amüsiert, weil Tim dem Falter verwirrt nachstarrte.

In der Nähe plätscherte ein Bach munter vor sich hin. Man hörte wie sich das Wasser seinen Weg über die Steine bahnte und immer weiter in eine Richtung floss, die ihm schon vorherbestimmt war.

Tims Augen sahen in den Himmel. Mittlerweile zogen nur noch kleine weiße Wölkchen vorüber und warfen leichte Schatten auf die Wiese. Neben seinem Ohr hörte er Linas leise Stimme „Mach die Augen zu!“

Mit dieser Stimme, leise und ruhig, klangen die Worte nicht wie ein Befehl. Eher wie ein Gefallen, um den sie ihn bat. Daher schloss Tim die Augen. Die Natur und die gesamte Umgebung wirkten beruhigend auf sein aufgewühltes Gemüt und dämmten die Trauer ein.

Die Geräusche der Natur waren nun intensiver, er hörte das Wasser lauter rinnen als zuvor, die Bienen summten stärker. Tim hörte wie Grashalme im leichten Wind wogten, wie sie raschelnd aneinander vorbeiglitten und vernahm die ruhigen und gleichmäßigen Atemzüge aus seiner Brust.

Dann kitzelte ihn etwas an der Nase. Tim fuhr sich über die Stelle und das Kitzeln hörte auf. Kurz darauf begann es ihn erneut zu jucken, diesmal an seinem Ohr. Auch hier wischte er mit der Hand über die Stelle und das Gefühl verschwand. Als er das Gefühl zum dritten Mal am Kinn spürte, zuckte seine Hand hervor und seine Finger griffen etwas. Es war lang und dünn, biegsam und ein bisschen kratzig.

Jetzt öffnete Tim die Augen und sah, dass er einen Grashalm gefasst hatte. Von dessen anderem Ende lächelte ihn Lina an. Jetzt musste auch Tim grinsen. „Habe ich nicht gesagt, du sollst die Augen zu machen?", fragte sie mit gespielt empörter Stimme. Sein Lächeln blieb. Es verschwand nicht wie zuvor am Schultor.

Es war ungewohnt, nach so langer Zeit etwas Anderes als Schmerz, Trauer oder Einsamkeit zu empfinden, doch Tim fühlte sich gut dabei. Ein kleiner Lichtstrahl, der die Dunkelheit wenigstens für einen kurzen Moment durchbricht, dachte er sich.

„Mach die Augen wieder zu!", flüsterte Linas sanfte leise Stimme in sein Ohr und Tim gehorchte, diesmal ohne lange zu zögern.

Nach einem kurzen Augenblick der Stille drang Musik an sein Ohr. Zuerst fühlte es sich falsch an,

Musik an diesem unberührten und ursprünglichen Ort zu hören, doch nach und nach brachten sich die künstlichen Töne mit den Lauten der Natur in Einklang. Eine harmonische Melodie entstand, die Tims Meinung nach ganz gut ins Bild dieser Kulisse passte.

Jetzt erkannte er auch das Lied. Es war ein alter Song, den sein Vater ihm früher vorgespielt hatte. Es war ein genau so warmer Tag gewesen wie jener, den er gerade erlebte.

Eine Wiese, ein weites Feld. Grüne Farben, die allem eine hoffnungsvolle Atmosphäre verliehen. Vögel in der Luft, Tiere auf den Bäumen, Insekten in der Luft. Seine Ohren erfüllt von Geräuschen. Ein schöner Tag. Wärme auf dem Gesicht, die Nase der Sonne entgegen gereckt. Neben ihm, sein Vater. Fröhlich wie immer, auf dem Fahrrad. Jetzt hielt er an, stieg ab. Nahm eine Decke vom Gepäckträger, ging weit ins Feld hinein und breitete sie aus. Tim auf seinen Fersen. Eine Hand seines Vaters griff in die Hosentasche, holte einen Lautsprecher heraus. Er machte ihn an, eine wunderbare Melodie erklang. Tims Vater legte sich auf die Decke, sah zu den Wolken. Tim stieß zu ihm, legte sich daneben. Ein glücklicher Tag. So wunderbar.

Als die Erinnerungen auf ihn einströmten, wandelte sich seine Freude in Trauer. Nie mehr könnte er einen solchen Tag mit seinem Vater erleben. Tränen stiegen ihm in die geschlossenen Augen und traten zwischen den Lidern hervor. Tropfen bildeten sich an den Wimpern, stauten sich dort, flossen dann heiß und salzig über die Wange. Still und leise weinte er vor sich hin und vergaß alles um sich herum. Warum war sein Vater gegangen, warum hatte er ihn verlassen? Warum hatte man ihm den wichtigsten Menschen seines Lebens genommen?

Etwas Weiches ergriff seine Hand und hielt sie fest. Sanft strichen Finger über den Handrücken. Die Berührung erinnerte Tim noch stärker an seinen Vater. Genauso war er immer getröstet worden, wenn Tim die Welt und jeden um sich herum vergessen wollte. Ein Tuch berührte seine Wangen und tupfte die Tränen fort.

Er machte die Augen auf und sah Lina, wie sie auf der Seite lag und seine Hand festhielt. Ihr Gesicht zeigte Mitgefühl. Auch ihre Augen waren feucht und in ihnen las Tim die stumme Frage, an was er gerade dachte. Doch sie fragte ihn nicht danach.

So lagen die beiden eine ganze Zeit lang da und blickten einander in die Augen. Ohne, dass Lina es ausgesprochen hatte, wusste Tim, dass ihre Empfindungen echt waren und sie mit ihm litt, den Schmerz mit ihm teilte, obwohl sie sich so gut wie gar nicht kannten.

Als Tim abends in seinem Zimmer im Bett lag, beging er wie jeden Tag das Ritual. Seitdem er hier wohnte, wohnen musste, war es zur Gewohnheit geworden, die Erinnerungen an seinen Vater aufrecht zu erhalten. Jeden Abend sah Tim sich Fotos von ihm an, las die in Liebe geschriebenen und wirklich ernst gemeinten Sätze, die unter jedem Bild zu finden waren.

Willkürlich schlug er eine Seite auf und stockte. Auf dem Bild waren sein Vater und er zu sehen, wie sie nebeneinander in einem Feld lagen. Beide hatten ein Lachen auf dem Gesicht und zeigten deutlich, wie glücklich sie zu zweit waren. Unter dem Bild stand in der Schrift seines Vaters: „Wenn ich nicht mehr bei dir bin, bin ich es doch in deinem Herzen." Darunter war in besonders sorgfältiger Schrift ein Vers aus einem Lied aufgeschrieben.

"Auch, wenn das Leben vorüberzieht, werde doch ich es immer sein, der bei dir ist. Der dir in deinen Ängsten zur Seite stehen, deine Schmerzen teilen, die Liebe zu dir halten wird."

Es stand kein Autor darunter, Tim wusste nicht, wer es geschrieben hatte. Einige dunkle Schemen nahmen in seinen Gedanken Gestalt an. Sein Vater hatte Gitarre gespielt, sehr gut sogar. Als Tim kleiner gewesen war, gab es anstatt einer Gutenachtgeschichte manchmal ein Lied von seinem Vater auf der Gitarre. Manchmal hatte er auch selbst komponiert und es Tim vorgespielt, vielleicht war es ein Vers aus einer Eigenkomposition seines Vaters. Doch so könnte er es nie wieder hören. Eine weitere Erinnerung, die mit der Zeit langsam verblassen und schließlich endgültig und für immer verschwinden würde.

Paps

Die Deutschstunde war ausnahmsweise einmal interessant gewesen. Im Unterricht hatten sie über Leben und Tod diskutiert, über Schicksal und Bestimmung. Die ganze Stunde hatte Tim zwar aufgepasst, sich aber nicht beteiligt. Er war noch nicht so weit, seine Gedanken über dieses Thema mit anderen zu teilen, vor allem nicht mit Leuten, die ihn hauptsächlich mieden und in Ruhe ließen. Zwischendurch hatte er bei Beiträgen, die ihn an alte Zeiten denken ließen, mit der Beherrschung seiner Gefühle zu kämpfen. Wieder und wieder kamen Erinnerungen an seinen Vater hervor. Zum größten Teil erschienen ihm nur einzelne Bilder. Ein Feld, eine Gitarre, ein Gesicht. Ausschnitte aus Erinnerungen, die schon jetzt nicht mehr vollkommen waren. Tim hatte mehr und mehr damit zu kämpfen, dass immer mehr Lücken in seinen Erinnerungen aufklafften.

Es kostete ihn alle Kraft, die Trauer zu diesen Zeitpunkten nicht aus sich hervorbrechen zu lassen. Zwar war es nun schon eine Weile her, dass sein Vater gestorben war. Doch der Schmerz saß immer noch genau so tief wie an dem Tag als Tim es erfahren hatte und er bohrte sich mit jeder Erkenntnis über das Verblassen der unzähligen gemeinsamen Momente tiefer in ihn hinein.

Tim war es nicht möglich, eine Maske über seine Seele zu legen und nach außen hin so zu tun als sei alles in Ordnung. Oft saß Tim in den Pausen alleine auf dem Hof und beobachtete die anderen. Er wollte sich nicht zu Unbekannten dazugesellen, hatte keine Lust mit Fragen überhäuft zu werden. Tim zog es vor, allein zu bleiben und seinem Vater zu gedenken.

Lina jedoch war anders als seine anderen Klassenkameraden. In einigen Pausen stellte sie sich zu ihm und saß nur still neben Tim. Nie stellte sie Fragen über ihn, erkundigte sich niemals nach seiner Vergangenheit. Er schätzte dies sehr, besonders da Tim sich noch nicht in der Lage sah, etwas von sich preiszugeben. Es begann ihm manchmal leid zu tun, dass er sich ihr nicht erklärte oder weder einen Dank noch ein paar nette Worte über die Lippen bringen konnte. Aber er war noch nicht bereit.

Lina schien das jedoch nicht zu stören. Sie saß immer nur ruhig daneben, beobachtete und tröstete ihn ohne Worte. Teilweise unterhielten sie sich, teilweise saßen sie auch nur still beieinander.

„Als Hausaufgabe", unterbrach der Lehrer seine Gedanken, „möchte ich, dass jeder von euch einen Aufsatz über eines der Themen der heutigen Stunde schreibt. Schreibt über den Tod, das Leben, Schicksal oder Bestimmung. Ich werde jede einzelne der Arbeiten einsammeln, korrigieren und benoten bevor ich am Ende die Besten eurer Geschichten vorlesen werde." Damit schloss er den Unterricht und die Klasse leerte sich. Bücher knallten zu, Stühle wurden zurückgeschoben, Füße trampelten über den Boden.

Zuhause saß Tim am Schreibtisch, das Buch seines Vaters in der Hand. Er wusste nicht, wie er diese

Hausarbeit erledigen sollte. Er hatte Angst vor den Erinnerungen, die Gewiss auf ihn einströmen würden, ganz egal wie erfunden die Geschichte auch sein mochte. Mit dem aufgeschlagenen Buch auf dem Schoß, schaltete der Junge seinen Laptop an. Eine Lampe blinkte auf, der Startbildschirm erschien, der Computer fuhr hoch.

Die Buchseite zeigte einen erwachsenen Mann mit Helm und Lederjacke, der an einem Motorrad lehnte. Auf seinen Schultern saß ein kleiner Junge und lachte. Auch er hatte einen Motorradhelm über den Kopf gezogen, sein Visier war jedoch hochgeklappt. Die Ähnlichkeiten zwischen dem kleinen Jungen und demjenigen, der auf das Bild starrte, war unverkennbar. „Überwinde deine Angst", hatte sein Vater über das Foto geschrieben.

Der erste Anschlag auf die Tastatur durchbrach die Stille. Für eine Minute blieb es der Einzige. Dann erklang noch einmal der Ton einer gedrückten Taste. Er wiederholte sich, erst unregelmäßig, fand dann schließlich doch zu einem sich langsam steigernden Rhythmus zusammen. Immer schneller fuhren Tims Finger über die Tasten, Buchstaben reihten sich zu Wörtern, Wörter zu Sätzen. Aus den einzelnen Sätzen entstanden fließend Gedanken und nach und nach fügten sie sich zu einer Geschichte. Beim Schreiben hielt Tim die Augen geschlossen. Er vermisste seinen Vater. Langsam wurden seine Augen feucht. Draußen wanderte die Sonne, schien ein letztes Mal durch die Blätter in das Zimmer des Jungen, dann wurde das Licht weniger und schließlich verschwand der letzte

Funken Tageslicht aus dem Raum. Durch die verschränkten Wimpern zwängten sich einzelne, klare und durchsichtige Perlen. In seichten Bahnen rollten sie Tims Gesicht hinab. Wie gut, dass seine Einsamkeit seine Trauer verbarg. Er schrieb nur, um seinen Vater nicht zu enttäuschen, ihn nicht zu vergessen. Um die Erinnerungen zu erhalten.

Das Motorrad donnerte die Straße entlang. Schwarz mit Ledersitzen und silbernen Armaturen erinnerte es entfernt an eine Krähe oder einen Raben. Kleine Steine zu beiden Seiten des Weges hüpften auf und ab, als das Gefährt vorüberzog. Vögel zwitscherten in den Bäumen, die rechts und links der Straße aus dem Boden sprossen. Das dichte Blattwerk spendete viel Schatten und dämmte all die frischen und sommerlichen Farben. Trotzdem staute sich die Hitze über dem Asphalt und brachte so die Luft zum Flimmern.

Die Reifen drehten sich unaufhörlich, die verchromten Felgen waren nur als funkelnde Scheiben zu erkennen. Ohne Anfang, ohne Ende. Der Auspuff röhrte. Hinter dem Motorrad wirbelte der Staub der Straße auf. Er tanzte durch die Luft und bildete bizarre Formen. Sie standen einen Moment lang in der Luft, dann verzogen sie sich wieder, sobald ein kleiner Windhauch sie erfasste.

Auf dem Sitz des Fahrzeugs saß ein Mann. Der größte Teil seines Körpers war von einem eng anliegenden Bikeranzug verborgen, doch zeichneten sich seine sportlich-muskulösen Umrisse darunter deutlich ab. Er hatte einen athletischen Körper, kein Bierbauch oder überflüssiger Speck schlug Falten in das körperbetonende Kleidungsstück.

Ein schwarzer Helm, schwarze Handschuhe und schwarze Stiefel rundeten das Bild ab. Das Visier des Helmes lag offen, man sah das von einem Dreitagebart umrahmte Gesicht des Mannes. Es war nichts Besonderes an diesem Gesicht, es war nicht anders als jedes andere. Über den Augen trug der Mann jedoch eine schwarz verspiegelte Sonnenbrille, so dass niemand seine Augen sehen konnte. Die Stirn lag in tiefen Falten und die Mundwinkel zuckten unkontrolliert.

Unter der Brille strömten Tränen hervor. Sie flossen an seinen Wangen hinab, bis sie irgendwann vom Fahrtwind erfasst wurden und davonflogen. Jeder, der ihn in diesem Moment sah, sah einen Mann, der eine Spur aus funkelnden Kristallen hinter sich her zog. Kristalle, die eine Sekunde durch die Luft wirbelten und dann klirrend in tausende Splitter zerstoben sobald sie auf den Boden trafen.

In seinem Gesicht lag ein gequälter Ausdruck. Warum er? Er konnte doch nichts dafür. Er war so geboren worden, mit diesem Fehler. Hieß es nicht, man solle jeden so lieben wie er war? Besaß nicht jeder Mensch einen Fehler, der ihn Unvollkommen machte? Was konnte er dafür, dass er mit diesem Defekt auf die Welt gekommen war? Hatte er nicht versucht, diesen Makel mit seinem Charakter zu überstrahlen?

War dieser Makel Grund genug, eine Ehe aufzugeben? Die Bindung, die Bande, den ewigen Schwur zu brechen? Die für immer geschworene Treue aufzugeben?

So schien die Realität wirklich zu sein, dachte er traurig. Natürlich hatte er zumindest einen Funken Verständnis dafür, wie schwer er das Leben für andere machte und dass diese nicht mit einem Mann zusammenleben wollten, der sich jeden Tag selbst behandeln und verarzten musste, um den Tag so normal wie möglich zu erleben. Gerade dafür, dass sie es so lange mit ihm ausgehalten hatte, liebte er sie so sehr. Eine der wenigen Personen, die ihm immer unter die Arme gegriffen hatte. Die Zeit, die sie geopfert hatte, um ihn nach ihren Möglichkeiten zu unterstützen und ihm jede mögliche Hilfe zu gewähren.

Doch nun war sie fort und würde nicht zurückkommen. Die Gedanken schweiften zu seinem Sohn. Er konnte sich noch bildhaft erinnern, als dieser gerade seine ersten Schritte getan hatte. Fast hörte er dessen erstes Wort noch einmal. „Papa" hatte es geheißen. Papa, nicht Mama oder Auto. Es war einer der wenigen Momente gewesen, bei denen ihm die Tränen gekommen waren. Stets stark zu sein, war es ihm gelehrt worden, stets Anderen einen festen Halt zu geben. Wie groß sein Sohn mittlerweile geworden war. Sechzehn Jahre waren seit seiner Geburt vergangen. Sechzehn Jahre hatte er mit ihm zusammen verbringen dürfen, und jetzt sollte er ihn einfach aufgeben? Einfach ziehen lassen, ihn kampflos übergeben, ohne etwas dagegen tun zu können? Er konnte es nicht.

Lieber würde er sterben, als seinen Sohn nie mehr wieder zu sehen. Der Gedanke daran ließ die Tränen heftiger aus den Augen strömen.

Die Straße war zu einem verschwommenen Pfad geschrumpft, den der Mann nur noch schwach erkennen konnte. Seine Tränen verschleierten den Blick und machten alles was er sah unscharf und verschwommen. Er löste eine Hand vom Lenker, zog die Brille von der Nase und wischte sich mit dem Handrücken über die geröteten Augen. Schlieren bildeten sich auf den Wangen, Spuren von unterdrückter, zurückgehaltener, aber nicht besiegter Trauer.

Für einen kurzen Moment sah er nichts. Seine Zukunft. Schwärze und Leere in seinem Leben. Er konnte keinen Sinn darin erkennen weiterzuleben, ohne das frohe Gelächter seines Sohnes zu hören, ohne die liebevollen Blicke seiner Frau zu spüren.

Den LKW, der ihm auf der schmalen Straße entgegenkam, sah er viel zu spät. Donnernd fuhr dieser auf ihn zu. Er war überbreit, benötigte mehr als seine Fahrspur und ragte in die des Mannes hinein.

Instinktiv riss der Mann den Lenker herum. Sein Gefährt geriet ins Schleudern. Es kippte nach rechts und links und die Räder schlingerten. Der Mann versuchte zu bremsen. Mit aller Kraft zog er an den dafür vorgesehenen Hebeln. Schwarze Spuren zogen sich über den grauen Belag der Straße, es roch nach verbranntem Gummi. Unendlich langsam verringerte das Motorrad die Geschwindigkeit. Zu langsam.

Als das Motorrad von der Straße abkam, überschlug es sich mehrfach und rutschte in den Graben neben der Straße und begrub den Mann unter sich. Die Räder drehten sich weiter, verlangsamten gemächlich ihre Umdrehungen.

Das Gewicht des Gefährts auf sich, hob und senkte sich sein Brustkorb hob nur noch schwach und das Atmen fiel zunehmend schwerer. Langsam sanken seine Augenlider hinab und schlossen sich. Dunkelheit ergriff ihn und zog ihn hinab.

Ein letzter Atemzug entwich, dann lag er still und regte sich nicht mehr.

Mit einer letzten Umdrehung kamen die Reifen zum Stillstand, golden blitzten die Felgen der untergehenden Sonne entgegen.

Die Stille in der Klasse war unheimlich. Noch blickte der Lehrer auf das Blatt, berührt von dem, was er gerade vorgetragen hatte. Viele, besonders Mädchen, hatten die Hand vor den Mund geschlagen, einige blickten traurig. Kein einziges Grinsen oder Lächeln zeigte sich auf den Gesichtern, kein dummer Spruch durchbrach die Ruhe. In Linas Augen standen Tränen. Eine einzige löste sich und glitt hinab, bis sie auf das Blatt unter ihr tropfte.

Langsam hob der Lehrer den Blick und begann ruhig und nachdenklich zu sprechen: „Ich weiß nicht, wer mir diese Arbeit abgegeben hat. Ich denke nur, er oder sie hat ein sehr großes Talent zum Schreiben. Die Geschichte ist mir ohne Namen abgegeben worden. Ich bitte euch, nicht weiter nachzufragen, wer diesen Text geschrieben hat. Ich denke, der Verfasser hat seine guten Gründe, warum er lieber anonym bleiben möchte."

Damit erhob er sich und ging aus der Klasse. Nun war der Bann gebrochen und fast alle Schüler standen auf und gingen schweigsam aus dem Raum. Lina war unter den Letzten, die den Raum verließen. An der Tür blickte sie zurück in die Klasse. Dort saß Tim, die Hände vor sein Gesicht haltend. Ein Zucken lief durch seinen Körper, dann holte er tief Luft, stand auf und ging aus der Klasse. Seine Finger zeichneten eine Runde Bahn, etwas, das sich drehte. Etwas, das zum Stehen kam.

Er bemerkte sie nicht. Sein Blick war leer und auf etwas Unbestimmtes in der Ferne gerichtet. Lina schloss die Tür. Sie wusste, wer den Text geschrieben hatte.

Tim fühlte sich mies. Es ging ihm so schlecht wie zu dem Tag, als er auf der Beerdigung seines Vaters gewesen war. Als sein Lehrer den Text vorgelesen hatte, hatte es ihn alles an Kraft gekostet, so ruhig wie möglich zu bleiben um nicht in Tränen auszubrechen und in Trauer zu versinken. Es war noch schwerer gewesen, diesen Text zu hören als ihn selbst zu schreiben. Jeder Satz erinnerte an glückliche Momente, die sie gemeinsam erlebt hatten. An gemeinsam verbrachte Stunden. Die enge Bindung zwischen ihnen.

Nach der Schule wollte Tim auf dem schnellsten Weg nach Hause, doch am Tor wurde er von Lina abgefangen. „Hey", sagte sie leise. Wieder zierte ein sanftes Lächeln ihr Gesicht. Dieses Mal schien es jedoch etwas weniger fröhlich, als ob etwas sie bedrückte. „Darf ich ein Stück mit dir gehen?", fragte sie und Tim nickte. Er wollte sie nicht abwimmeln. Sie konnte ja nichts dafür, dass er sich mies fühlte. Und oft fühlte er sich nach einem Gespräch mit ihr ein bisschen besser.

Die ersten Minuten gingen die beiden schweigend nebeneinander her. Dann begann es plötzlich zu regnen. Erst fielen vereinzelte Tropfen, doch schnell wurde aus ihnen ein starker Schauer. Sie fingen an zu laufen, bis sie vor der Tür von Tims Haus anhielten. „Hast du etwas dagegen, wenn ich mit reinkomme, bis sich das Wetter etwas beruhigt hat?", erkundigte sich Lina.

Tim schüttelte den Kopf, schloss die Tür auf und die beiden traten ein. Sie zogen ihre nassen Jacken aus und hängten sie auf. Sowohl Tims als auch Linas Hose waren klatschnass und die zwei zogen auf dem Weg in Tims Zimmer eine tropfende Spur Wasser hinter sich her. Als Tim die Zimmertür hinter sich schloss, fragte Lina ihn, ob er ihr eine trockene Hose geben könne. Tim öffnete den Schrank und kramte einen Stapel Trainingshosen hervor. „Guck mal, ob dir davon was passt."

„Danke." Lina nahm Tim den kleinen Stapel ab und hielt sich erst eine schwarze, dann eine weiße und schließlich eine neongrüne Hose an. Zwei weitere ließ sie auf dem Stapel liegen. „Was meinst du?", fragte sie. Tim musterte alle drei Hosen und befand die grüne für die beste. „Im Ernst?", fragte Lina überrascht. Dann zuckte sie mit den Schultern. „Wenn ich die grüne Hose anziehen muss, dann nimmst du aber die Türkise." Lina warf Tim die letzte Hose vom Stapel zu.

Tim hatte keine Lust zu widersprechen, obwohl er genau wusste, dass sich diese Farbe in einem wunderbar schrecklichen Kontrast zu seinem grünen T-Shirt stand. Also ging er aus dem Raum und zog sich um, während Lina sein Zimmer als Umkleidekabine benutzte. Tim wartete vor der Tür, bis Lina sie öffnete und er wieder hereinkommen durfte. Beide ließen sich auf seinem Bett nieder und Lina musterte Tim amüsiert. „Schick schick", meinte sie mit einem breiten Grinsen. „Danke, gleichfalls", entgegnete Tim. Tatsächlich biss sich bei Lina keine Farbe mit der anderen, ihr schwarzes, relativ enges Top passte sogar recht gut zu der weiten Trainingshose. Eine ganze Weile sah sich Lina in Tims Zimmer um. Dann stand sie auf, ging zu einem Regal und schaltete die Musikanlage ein. Als die ersten Töne durch das Zimmer hallten, erklärte sie: „Ich mag es nicht wenn es total ruhig ist."

Das fröhliche Lächeln kehrte in ihr Gesicht zurück und auch Tims Lippen verzogen sich zu einem flüchtigen Grinsen. Wieder hatte sie es geschafft, ihn von bedrückenden Gedanken zu befreien und ihn abzulenken.

Lina ließ sich wieder auf dem Bett nieder und wandte sich ihm zu. Dann fasste sie seine Hände. Sie waren eiskalt. Eine Gänsehaut bildete sich auf Tim

Armen als ihre warmen Finger seine Hand umschlossen.

„Geht's dir eigentlich gut?", wollte sie wissen. Es war eine ganz einfache Frage, wie sie eigentlich jeden Tag in der Schule und auch überall sonst gestellt werden konnte, und doch wusste Tim nicht, was er darauf antworten sollte. Gut ging es ihm bei weitem nicht, er konnte nicht beschreiben wie schlecht er sich fühlte.

Nicht zum ersten Mal wünschte Tim sich jemanden, mit dem er über alles reden könnte und wünschte sich seinen Vater zurück. Er wusste, dass das nicht möglich war. Niedergeschlagen führte sein Kopf den Gedanken weiter. Wollte er sich öffnen, musste es jemand sein, dem er sein Innerstes anvertrauen konnte, jemand der ihn verstand. Eine Person, die einfach nur zuhörte, die sich mit ihm und seinen Schmerzen beschäftigte.

Dafür schied seine Mutter von vornherein aus. Sie beschäftigte sich nicht mit ihm, schon gar nicht mit seinen Gefühlen und ließ Tim meistens sich selbst überlassen allein.

Tim blickte in Linas Gesicht. Sie schaute ihn ermutigend an und drückte sanft seine Hand. Diese Geste gab ihm den nötigen Mut, sich zu einer Antwort durchzuringen. Es kann ja nicht schaden. Was soll schon passieren?

„Ich... Mein Vater... Er...", begann er, doch dann versagte ihm die Stimme und nichts als ein Krächzen kam aus seiner Kehle. Sein Blick fixierte Linas Knie unter der grünen Hose. Grün, die Farbe der Hoffnung, der Wiedergeburt, des Lebens.

Tim fühlte, wie sich seine Augen mit Wasser füllten und plötzlich war ihm unglaublich schlecht. Früher, mit seinem Vater, war es so einfach gewesen, über Gefühle, über einfach alles reden zu können. Und jetzt, da er nicht mehr da war, konnte Tim sich Niemandem mehr öffnen. Was war das, das ihn in seinem Innersten daran hinderte, seine Geschichte und all das, was ihn bedrückte, zu erzählen? Tim sah zurück in Linas Gesicht. Sie drängte ihn nicht und wartete geduldig, bis oder ob er überhaupt etwas von sich erzählen würde. Tim griff unter sein Kopfkissen und holte ein gefaltetes Foto hervor. Er sah es sich lange an, dann lehnte Tim es gegen den Wecker auf seinem Nachttisch, sodass auch Lina es sehen konnte. Tim wollte seinem Vater zeigen, dass er von ihm gelernt hatte, über Probleme zu sprechen.

Linas Hände hatten Tims umfasst und spendeten tröstende Wärme. Langsam baute sich die Übelkeit in Tims Körper ab und seine Hände wurden zwischen Linas Fingern allmählich wärmer. Tim atmete tief und langsam und bereitete sich auf das vor, was er ihr gleich erzählen würde. Dann begann er zu sprechen. Mit nicht viel mehr als einem Flüstern fragte er Lina: „Wie fandst du die Geschichte in der Schule heute?"

Seine Augen hatten Linas Gesicht fixiert und sein Mund bildete eine gerade Linie, das eigene Gesicht frei von jeder Regung.

Ihr Lächeln, das einem traurigen und besorgten Blick gewichen war, kehrte zurück. „Es ist eine sehr traurige Geschichte. Der Mann hätte nicht sterben sollen. Das hat mich total fertig gemacht."

„Nein, das hätte er nicht." Tim sah ihr lange in die Augen. „Wäre er nicht gestorben, hätte ich jetzt noch einen Vater."

„Das tut mir leid", setzte sie an, doch er unterbrach sie. „Nein, muss es nicht. Ich habe ja angefangen, davon zu erzählen. Wenn dann muss es mir leid tun, dass du heute wegen mir geweint hast. Ich wusste nicht, dass dich die Geschichte so tief berühren und mitnehmen würde.", sagte Tim und blickte in ihre blauen Augen. Ein Funkeln blitzte dort auf und verschwand. „Nein, es ist alles in Ordnung bei mir. Ich fand die Geschichte nur so traurig. Umso schlimmer ist es jetzt, da ich weiß, dass es dein Vater war, über den die Geschichte erzählte." Es ausgesprochen zu haben, erleichterte Tim ungemein.

„Jetzt müssen sich dir bestimmt eine Menge Fragen stellen." Er sah sie forschend an. „Wenn du möchtest, kann ich versuchen, es ein bisschen zu erklären. Ich weiß nur nicht, ob ich das schaffe."

Mitfühlend lag ihr Blick auf seinem Gesicht. „Ich möchte nicht, dass du irgendetwas tust, was für dich schlimm ist oder schlechte Erinnerungen bei dir wachruft", erwiderte Lina. „Tu dir das nicht an!"

„Es war ein Donnerstag", begann er, nicht auf sie achtend und froh, endlich jemandem alles erzählen zu können. „Wir hatten damals ein großes Haus. Sechzehn Jahre hatte ich da gelebt. Kurz vor meiner Geburt hatte mein Vater das Haus gekauft, um mir ein schönes Zuhause bieten zu können. Er war der perfekte Vater. Jeden Tag kam er schon nachmittags von der Arbeit zurück, um ein paar Stunden mit meiner Mutter und mir zu verbringen. Eigentlich waren wir die vollkommene Familie. Alles lief gut und meine Eltern stritten sich fast nie. Doch mein Vater litt unter einer besonderen Krankheit. Fünf Jahre vor meiner Geburt hatte er Wunden an den Füßen bekommen, die sich nicht wieder schlossen. Die Schmerzen, die er jeden Tag hatte waren sehr groß, und jeden Tag musste er sich die Beine verbinden, um überhaupt Strümpfe tragen und rausgehen zu können. Bis letztes Jahr störte es meine Mutter nicht, dass er diese Krankheit hatte, doch als sie anfing zu arbeiten, veränderte sie sich irgendwie. Sie kam nun spät nach Hause und war so gestresst von allem, dass sie keine Zeit mehr für meinen Vater und mich hatte. Sie fragte nicht mehr nach der Schule, den Hausaufgaben, nach der Arbeit von meinem Vater. Sie nahm nicht mehr Teil an unseren Leben. Ihr war alles egal und wenn sie nach Hause kam, wollte sie nur noch ihre Ruhe, um sich von dem *so schweren* Arbeitstag zu erholen. Meistens lag sie auf dem Sofa und schaute irgendwelche Sendungen im Fernsehen. Im letzten Jahr unterhielten sich meine Eltern immer weniger, selbst am Küchentisch beim Abendessen war es oft so ruhig wie auf einem Friedhof."

Tim stockte. Gedanken an die Beerdigung seines Vaters stiegen ungewollt auf, doch dann spürte er den sanften Druck von Linas warmen Händen und er kämpfte die Erinnerungen zurück. Dankbar sah er sie an. „Dann wurde meine Mutter befördert. Sie musste sich nun eine Wohnung in der Umgebung suchen, wo sie arbeitete. Das war hier. Dieses Haus war es, was sie haben wollte. Ihr Chef hatte das als Bedingung genannt, um den besseren Job zu bekommen. Sie sollte die Woche über hier wohnen und leben, um sich während dieser Zeit voll und ganz auf die Arbeit konzentrieren zu können.

Nun war meine Mutter nur noch am Wochenende zu Hause und mein Vater übernahm den großen Teil des Haushalts. Er arbeitete jetzt weniger, dafür kümmerte er sich um Haus, Garten und mich. Für ihn war es anstrengender, aber schöner, zu Hause zu arbeiten, da er die ganze Zeit in vertrauter Umgebung verbrachte. Dann wurden die Wunden an seinen Beinen schlimmer und sein Chef wollte ihn auf der Baustelle nicht weiter arbeiten lassen. So verlor mein Vater seinen Job. Die Entlassung nahm meinen Vater sehr mit und verschlimmerte seinen Zustand weiter. Für ihn war es das erste Mal seit langer Zeit, dass er von jemandem nicht mehr so akzeptiert wurde, wie er war. Dass seine Krankheit sich als Behinderung für sein persönliches Umfeld herausstellte. Oft lag er jetzt auf der Couch und konnte nur noch schwer und unter großen Schmerzen aufstehen. Einzig die Wochenenden ließen ihn wieder aufleben, denn wenn meine Mutter kam versuchte er sich nichts von seiner angeschlagenen Gesundheit anmerken zu lassen und tat so als ob nichts wäre. Er liebte sie aus ganzem Herzen und versuchte ihr weiterhin das perfekte Zuhause zu bieten. Doch meine Mutter erkannte, dass er ihr seine Gesundheit nur vorspielte und wie es ihm wirklich ging. Mit jedem Wochenende, an dem sie nach Hause kam, wurde sie zurückhaltender, weniger herzlich und immer genervter. Ihre gesamte Art veränderte sich so stark, dass es mir unheimlich wurde. Die Liebe in dem Haus, wo ich aufgewachsen war, verblasste immer mehr und wich kalter Formalität und Pflichterfüllung. Eines Donnerstagabends entluden sich dann alle Spannungen in einem lauten Streit. Meine Mutter war einen Tag früher zurückgekehrt und hatte meinen Vater auf dem Sofa liegend vorgefunden, das Gesicht von Schmerzen verzogen. Sie sagte, dass er nicht mehr in der Lage sei, das Haus alleine in Stand zu halten und auf mich aufzupassen. Dann fügte sie hinzu, dass sie ihn wegen seiner Krankheit nicht länger lieben könne und dass die Beziehung am Ende wäre. Ihr Job würde es nicht mehr erlauben, Familie und Arbeit zu verbinden. Mein Vater wollte das alles nicht wirklich glauben, war aber selbst zu schwach, um eine passende Erwiderungen zu geben. Er ließ ihre Schimpftiraden über sich ergehen. Es war zu sehen, wie jedes Wort von meiner Mutter meinem Vater ein Stück Seele und Lebenswillen aus dem Herzen riss. Das Gerüst, was in den letzten zwei Jahrzehnten sein Leben getragen hatte, brach mit jedem Wort, welches meine Mutter meinem Vater versetzte, ein weiteres Stück in sich zusammen. Nachdem meine Mutter mit den Worten, dass sie mich zu sich holen würde, das Haus wieder verlassen hatte, begann mein Vater zu weinen. So einen heftigen Gefühlsausbruch hatte ich bisher noch nie bei ihm gesehen. Es war das genaue Gegenteil von dem, was er immer für mich gewesen war: Die starke

Schulter, an die ich mich immer und zu jederzeit anlehnen konnte.

Als er sich wieder etwas gefangen hatte, sagte er mir, dass er sich beruhigen müsse. Daraufhin schluckte er ein paar Schmerztabletten und fuhr mit seinem Motorrad davon."

Wieder hörte Tim auf zu erzählen. Jetzt standen ihm die Tränen in den Augen. Seine Stimme war schwächer. Erinnerungen an das letzte Mal, als er seinen Vater gesehen hatte, bahnten sich ihren Weg in sein Bewusstsein. Schluchzer hinderten ihn daran weiterzuerzählen. Wieder drückte Lina seine Hand und strich behutsam über seine Finger. „Du musst nicht weitererzählen. Hör auf, bitte, tu dir das doch nicht an!". Aber es war nicht das Erzählen, was ihm die Probleme machte. Tim hatte nur mit den Gefühlen zu kämpfen, die immer wieder auf ihn einströmten. Linas ruhige Stimme gab ihm die nötige Kraft weiterzumachen. Einen kurzen Moment sammelte er sich, dann fuhr Tim fort:

„Es war das letzte Mal, dass ich meinen Vater gesehen habe. Um zehn Uhr nachts klingelte es an der Haustür und zwei Polizisten in blauer Uniform standen vor mir. Sie fragten mich, ob ich Tim sei und wo meine Mutter wäre. Nichts ahnend erzählte ich ihnen, dass sie wieder in ihre zweite Wohnung gefahren wäre, weil sie dort arbeitete. Dann fragten die beiden, ob sie kurz reinkommen dürften. Dabei tauschten sie einen besorgten Blick. Ich bat sie hinein und führte sie ins Wohnzimmer, wo wir uns alle auf die Couch setzten. Der eine Polizist meinte, er habe mir etwas

Schlimmes zu sagen. Es habe einen Unfall gegeben. Ein Motorrad sei von der Straße abgekommen. Ein Mensch sei gestorben. Es sei mein Vater…"

Die Stimme brach ab. Tim konnte nicht mehr. Zu stark waren die Erinnerungen an den Abend, als die Polizisten ihm eröffnet hatten, dass sein Vater verunglückt war. Dieselbe Trauer, die er damals empfunden hatte bahnte sich ihren Weg aus seinem Innern heraus. Tim begann nicht wie damals zu schreien, doch stumme Weinkrämpfe schüttelten seinen gesamten Körper. Er hatte sich nicht mehr unter Kontrolle. Er sah die beiden Polizisten vor sich, ihre traurigen Gesichter, hörte nichts, die Welt begann sich vor seinen Augen zu drehen.

Etwas zog ihn zur Seite und hielt ihn fest. Sanft strich eine Hand über seinen Rücken. Sein Gesicht lag an etwas Weichem, Stoff strich über seine Nase. Tim öffnete seine Augen nicht. Es war ihm egal was gerade passierte. Sein Vater war tot, würde nie mehr lebendig werden, war für immer fort.

Ein bisschen Tanzen

Sport war schon immer sein Element gewesen. Besonders in Ballsportarten hatte Tim früher sein Talent und seine Begabung zeigen können, doch nach dem Tod seines Vaters und dem Umzug hatte er nicht wieder angefangen Sport zu treiben. Einzig der Schulunterricht in der Turnhalle bot ihm die Möglichkeit, sich körperlich zu verausgaben. Wie sonderbar dieser Unterricht sich doch entwickelt hatte. Es war keine Überraschung gewesen, dass er bei seiner ersten Sportstunde an der neuen Schule als Letzter ins Team gewählt worden war. Doch nach und nach hatte er sich zumindest den sportlichen Respekt seiner Klassenkameraden erarbeitet. Im Sport hatte Tim schon immer die Möglichkeit gesehen, alles andere zu vergessen. Bewegte er sich, schüttete sein Körper Glückshormone aus, die die negativen Erinnerungen zwar nicht überstrahlten, wenigstens für die Dauer des Sportes jedoch neutralisierten.

Wollte man erfolgreich sein, so musste man in der Lage sein, das was einen ablenken könnte, auszublenden und von den Gedanken fern zu halten. Dieser Einstellung hatte er es zu verdanken, dass er nun dauerhaft zu den Ersten gehörte, die den Teams zugeteilt wurden.

Momentan stand Handball auf dem Lehrplan, doch da es eine relativ aggressive Sportart mit viel Körperkontakt war, spielten Jungen und Mädchen nicht zur selben Zeit auf dem Feld. Tim fühlte sich gut. Alles war ausgeblendet, der Blick auf das gegnerische Tor fixiert. Verschwommen nahm er die gegnerischen Verteidiger wahr, wie sie versuchten ihn am Wurf zu hindern. Doch Tim war zu stark. Mit einem Satz katapultierte er sich in die Höhe, stand für einen kurzen Moment über den verdutzten Verteidigern in der Luft und schleuderte den Ball mit aller Kraft in Richtung Tor. Der Torwart hatte keine Chance und der Ball zappelte schon im Netz, bevor Tim wieder vollständig gelandet war. Er drehte sich um, lief in seine Hälfte des Spielfeldes zurück und nahm nur beiläufig die zustimmenden und anerkennenden Reaktionen seiner Teamgefährten wahr. Zwei oder drei kamen auf ihn zugelaufen und klatschten ab, bevor sich alle wieder in Erwartung des nächsten Angriffs aufstellten. Dann schweifte sein Blick zur Bank, wo die Mädchen saßen, um sich das Spiel anzusehen. Die meisten waren anderweitig beschäftigt und in private Unterhaltungen vertieft, machten ihre Haare oder tippten in ihre Handys. Diejenigen, die das Spiel aktiv verfolgten, konnte man an einer Hand abzählen. Unter ihnen war auch Lina. Als sie bemerkte, wie sein Blick auf ihr ruhte, hob sie eine Hand und winkte ihm zu. Augenblicklich stiegen die Erinnerungen an den Nachmittag empor, an dem er ihr vom Tod seines Vaters erzählt hatte. Ihr ruhiges Zuhören hatte Tim gut getan. Es war erlösend gewesen, alles das, was ihn bedrückte, von der Seele zu reden. Ihre zärtlichen und tröstenden Berührungen hatten ihm die Kraft gegeben, sich trotz all der schlimmen Erinnerungen und Gefühle wieder zu sammeln. Das Verständnis und das

Mitgefühl, was in ihren Augen geleuchtet hatte, hatte etwas in ihm geweckt, was die tiefe Trauer hatte vertreiben können.

Anschließend hatte sie ihre Hände, welche seine die ganze Zeit umschlossen hatten, von seinen gelöst. Sie hatte ihm direkt in die Augen geschaut und mit den Fingerspitzen zärtlich die Tränen verwischt, welche sich über Tims Gesicht verteilt hatten.

Als sie, kurz bevor seine Mutter kam, gegangen war, hatte Lina es geschafft, Tim soweit wieder aufzubauen, dass nicht auffiel, was er gerade durchgemacht hatte. Dieser Vorgang, den alleine Lina ausgelöst und vorangetrieben hatte, hatte etwas tief in seinem Innern berührt und er war ihr für ihre Hilfe sehr dankbar.

Tim war so tief in seinen Gedanken versunken, dass er das Spiel um sich herum nicht mehr wirklich wahrnahm. Er trabte hin und her ohne zu realisieren, wo sich Ball oder Gegenspieler gerade befanden. Erst ein lautes „Tim, fang!", holten ihn aus seiner Versunkenheit. Sofort drehte er sich um, um zu sehen, wer ihm das zugerufen hatte. Von der Seite schob sich ein Arm in sein Blickfeld und bewegte sich schnell auf sein Gesicht zu, dann beugte er sich, als wolle er etwas auffangen, doch kam gleichzeitig immer näher, bis der Ellenbogen mit Tims Nase zusammenstieß.

Ein Schmerz explodierte in seinem Kopf und ließ es kurz schwarz vor seinen Augen werden. Dann verlor er den Boden unter den Füßen und knallte rücklings auf dem Hallenboden. Tim schlug die Hände vors Gesicht und blieb reglos liegen. Er bemerkte, dass eine warme, salzige Flüssigkeit aus seiner Nase strömte und in seinen Mund lief. In der Halle wurde es still geworden und alle scharrten sich in einem Kreis um den gefallenen Spieler, um zu sehen, was er sich getan hatte. Unfähig zu sprechen und halb ohnmächtig von den Schmerzen dachte Tim nur daran, dass er so schnell wie möglich etwas Kaltes auf der Nase spüren wollte und hielt sich schützend die Hände vor das Gesicht.

„Aus dem Weg! Macht schon Platz!", befahl der herbeieilende Sportlehrer. Als er angekommen war, kniete er neben Tim nieder und löste dessen Hände vorsichtig vom Gesicht. Er untersuchte das Gesicht genauer und schickte einen Schüler los, etwas Kühlendes zu besorgen. Dieser brauchte einige Sekunden, bis er realisiert hatte, dass er loslaufen und den Kühlakku besorgen sollte. „Keine Sorge, das wird schon wieder", richtete er aufmunternde Worte an den immer noch am Boden liegenden Tim. Dieser hatte das Gesicht vor Schmerz verzogen, doch keine Träne rann sein Gesicht hinab. Der Sportlehrer und einige Klassenkameraden halfen Tim dabei, sich wieder aufzurichten und zwei Leute begleiteten ihn zur Bank, wo Tim sich etwas abseits der Mädchen niederließ. Er war halb blind vor Schmerzen, doch schienen Tränen momentan kein passendes Ventil zu sein.

Der Schüler, der die Kühlpacks holen geschickt worden war, kam zurück und gab Tim ein kaltes Paket, welches dieser sich gleich auf die Nase drückte. Für kurze Zeit saß Tim so alleine da, bis sich die Bank links von ihm leicht herabsenkte. „Mach den Kopf nach vorne!", lautete die Anleitung, die eine sanfte Mädchenstimme gab. Linas Stimme. Nicht wissend was nun folgen würde, tat Tim wie befohlen und neigte seinen Kopf nach vorne. Etwas Eiskaltes berührte seinen Nacken und Tim zuckte unwillentlich zusammen. Sofort flammte der Schmerz in seinem Gesicht wieder auf und er gab ein leises Stöhnen von sich. „Oh, Entschuldigung. Ich wollte dich nicht erschrecken." Linas Stimme drang leise an sein Ohr. „Lass mal sehen, wie schlimm es dich erwischt hat!" Ruhig, aber bestimmt zogen ihre Hände das Kühlpaket von seinem Gesicht, umfassten seine Wangen und drehten seinen Kopf so, dass er ihr direkt in die Augen sah. „Autsch. Das sieht ja übel aus."

„Was ist denn mit mir?", entgegnete er und drückte sich daraufhin wieder das Kühlpaket ins Gesicht. „Naja, also du siehst schon aus wie ein Zombie. Deine Nase ist geschwollen und deine Lippe aufgeplatzt. Deine ganze Wange ist blau, ein hübsches, großes Veilchen wird das. Außerdem hast du Nasenbluten, deswegen habe ich dir ein kaltes Tuch in den Nacken gelegt."

Dumpf klang Tims Zustimmung durch das Kühlpaket, welches er wieder vor seine Nase drückte. Beide saßen schweigend da und schauten auf das fortgeführte Handballspiel. „Wie ist das eigentlich passiert?" richtete Tim seine Frage an Lina. „Hmm, ich habe es nicht ganz genau gesehen. Irgendwer wollte dir den Ball zuspielen und ein Anderer ist vor dich gelaufen und wollte den Pass abfangen. Dabei hat er sich aber verschätzt und ist, um den Ball noch zu fangen, rückwärts gegen dich gelaufen und hat beim Fangen seinen Ellenbogen in deinem Gesicht versenkt."

„Scheiße", fluchte Tim. „Ich war abgelenkt und habe an etwas Anderes gedacht. Das ist die Strafe dafür gewesen, dass ich nicht aufmerksam genug war." „Haha, blaba!", meinte Lina scherzhaft. „Du warst der beste Spieler auf dem Feld! Das hat nichts damit zu tun!" Man konnte an der entrüsteten Miene, auf Linas Gesicht sehen, wie ernst sie das was sich eben gesagt hatte, auch wirklich meinte.

Die Augenbrauen waren zusammengezogen und die Augen leicht verengt, auf ihrer Stirn hatte sich eine leichte Falte gebildet. Urplötzlich glättete sich die Falte wieder und ihre Miene spiegelte etwas Verschmitztes wieder. „Aber, wenn ich fragen darf, woran hast du denn gedacht? Habe ich dir so den Kopf verdreht als du mich eine Sekunde vorher noch angeguckt hast?" Einen kurzen Moment überlegte Tim, ob er ihr nicht antworten sollte, doch dann erinnerte er sich wieder an den vorherigen Nachmittag, an dem sie ihm so sehr geholfen hatte. Der Blick in ihre neugierigen, funkelnden blauen Augen bestärkte ihn in seiner Entscheidung. Es fiel ihm zum ersten Mal auf, dass sie blaue Augen hatte. Blau und funkelnd, wie ein tiefer See oder wie ein Meer, auf das man aus einem Flugzeug herabblickt. Es waren sehr schöne Augen. Und genau diese bestätigten ihn darin, das Kühlpack vom Gesicht zu nehmen und zu antworten: „Ich habe an gestern Nachmittag gedacht."

„Achja?" Interessiert zog Lina eine Augenbraue hoch. Die Bitte zum Weitererzählen ließ sie unausgesprochen.

„Naja, ich habe daran gedacht, wie du mir gestern geholfen hast. So, wie du mich unterstützt hast, hat es sonst noch niemand getan."

Niemand war nicht ganz richtig, fiel es Tim ein, denn sein Vater hatte sich stets mit Liebe und Verständnis um ihn gekümmert, doch irgendwie gehörte es zu Eltern dazu, dass sie sich so verhielten. Ganz anders als seine Mutter.

„Deswegen wollte ich dir noch einmal danke sagen. Du hast mir gestern wirklich geholfen und das weiß ich zu schätzen." Bei seinen letzten Worten erröteten seine Wangen und das Blut schoss ihm in den Kopf. Prompt begann der gerade verebbte Strom aus seiner Nase erneut zu fließen. Das war Tim äußerst peinlich und beschämt hob der das Kühlpaket wieder vor sein Gesicht. Aber Lina lachte ihn nicht aus, sie war auch weder überrascht noch peinlich berührt von seinen Worten. Stattdessen lächelte sie ihn nur an und zeigte Tim, dass es ihm in keiner Weise unangenehm sein musste.

Bestärkt von ihrer Reaktion richtete er eine weitere Frage an Lina, welche ihm schon seit einiger Zeit auf der Seele brannte. „Was findest du an mir?" Lina schien überrascht von der Frage und wusste nicht, was sie darauf antworten wollte. Aus Angst, dass sie es falsch verstehen könnte, fügte Tim erklärend hinzu:

„Ich meine, warum bist du gerade hier bei mir? Warum gerade ich? Warum hängst du mit mir, dem Neuen, ab? Ich würde das gerne verstehen."

Die verständnislose Miene wandelte sich vor seinen Augen zurück in den gewohnten, freundlichen Ausdruck. Mit einem Augenzwinkern entgegnete sie „Ich finde dich nett!" Verblüfft von ihrer kurzen Antwort setzte Tim zu einer Erwiderung an, wurde jedoch direkt von Lina unterbrochen. „Nichts aber. Frag doch nicht so viel." Sie zwinkerte. „Sei doch froh, dass es so ist. Oder bist du das nicht?"

„Doch, doch, mehr als froh. Du bist die Einzige, die Zeit mit mir verbringt."

„Na also." Lächelnd lehnte sie sich zurück. „Komm doch nach der Schule mit zu mir? Meine Eltern sind nicht zu Hause, dann kann ich dir zeigen wo ich wohne, nachdem ich ja jetzt weiß, wie es bei dir aussieht. Ok?"

Die restlichen Unterrichtsstunden verbrachte Tim mit geschwollener Nase auf der Schulbank, doch die Schmerzen waren zum größten Teil schon wieder abgeklungen. Er folgte den Ausführungen des Lehrers nur mit der Hälfte seiner Aufmerksamkeit, der Rest war auf andere Dinge gerichtet. Draußen schien die Sonne strahlend hell und ließ die Luft über dem Schulhof flimmern. Keine Wolke bedeckte den Himmel, alles war in glänzendes Licht getaucht. Sein Blick wanderte umher und blieb, nicht zum ersten Mal, an Lina hängen. Dieses Mädchen gab ihm Rätsel auf. Warum interessierte sie, eines der beliebtesten und bekanntesten Mädchen der Schule, sich für einen Neuen, einen Außenseiter. Jemanden, mit dem kein anderer etwas zu tun hatte. Was fand sie an ihm so besonders, dass sie ihre Zeit mit ihm verbringen wollte?

Nicht, dass es ihm nicht gefallen würde. Endlich hatte Tim jemanden, mit dem er sich unterhalten und austauschen konnte. Es brachte nichts, darüber zu philosophieren und einzelne Möglichkeiten aufzuzählen, da er die Wahrheit doch nicht ohne Linas Antwort herausfinden würde.

Er versuchte, in eine andere Richtung zu schauen und seine Augen auf etwas Anderes zu fixieren, doch blieben sie schon an ihren sonnenstrahlengleichen Haaren hängen. Es kostete Tim einiges an Willenskraft, bis er sich von ihrem Anblick lösen konnte und den Blick im Klassenzimmer wandern ließ. Kurz verharrten seine Augen auf dem Lehrer, um diesem den Eindruck zu vermitteln, dass er dem Unterricht folgte, doch dann fanden sie ein anderes, viel interessanteres Ziel.

Zwei Reihen vor und zwei Reihen rechts von Tim saß Marcel, der Junge, der ihm, wenn auch unabsichtlich, im Sportunterricht den Ellenbogen ins Gesicht geschlagen hatte. Nach der Sportstunde war Marcel zu ihm gekommen und hatte sich tausendfach bei Tim entschuldigt. Er habe ihn nicht gesehen und außer dem Ball alles andere aus seinen Augen verloren. Als Wiedergutmachung hatte er Tim in der nächsten großen Pause eine Cola spendiert, die Tim jedoch hauptsächlich dazu benutzt hatte, sein geschundenes Gesicht zu kühlen. Marcel war ein netter Kerl mit dem Tim öfters schon in Gruppenarbeiten zusammengearbeitet hatte und Tim rechnete es ihm hoch an, dass er sich für seine Tollpatschigkeit entschuldigt hatte. Eigentlich war der Junge recht sportlich und genau wie Tim sehr ehrgeizig, doch mündete Marcels Ehrgeiz oft in Übermotiviertheit. Diese Übermotiviertheit hatte nicht zum ersten Mal einen Sportunfall nach sich gezogen, daher konnte Tim froh sein, dass nichts Schlimmeres passiert war. Trotz der Ähnlichkeiten war es bisher bei dem schulischen Kontakt geblieben. Für Tim war es verständlich, dass es erst noch einiges an Zeit brauchen würde, bis er als integriertes Mitglied der Klassengemeinschaft vollständig akzeptiert werden würde.

Der erlösende Gong riss ihn aus seinen Gedanken. Er packte Bücher und Notizen zusammen und ging, gemächlicher als sonst, aus dem Raum. Vor der Tür wartete auch schon Lina und begrüßte Tim mit ihrem stets fröhlichen Lächeln. „Auf geht's!"

Der Weg zu Lina unterschied sich äußerlich nicht wirklich von dem, welchen Tim täglich einschlug, um nach Hause zu gehen, doch führte er in die entgegengesetzte Richtung. Fasziniert stellte Tim fest, dass sie in einer relativ ruhig gelegenen Siedlung wohnte, doch standen die Häuser hier im Gegensatz zu seinem eigenen Zuhause nicht dicht aneinander gedrängt. Beide Seiten der Straße waren von freistehenden Einfamilienhäusern gesäumt, jedes über reichlich Platz verfügend und einzigartig in seiner Bauweise. Villen, im Fachwerkstil verkleidet, standen neben mit Gips verputzten Residenzen, vor denen nicht selten ein Pool zu finden war. In den Vorgärten, alleine schon größer als so manches Grundstück das Tim gesehen hatte, blühten bunte Blumen und mächtige Bäume spendeten kühlenden Schatten an diesem Sommertag.

Lina hielt auf das Haus am Ende der Straße zu. Hinter diesem erstreckte sich ein weites und von einem saftigen Grün durchdrungenes Feld. Das Haus war groß und mit weißem Gips verputzt, doch harmonierte es aufgrund des sich an den Abflussrinnen emporrankenden Efeus prächtig mit der natürlichen Umgebung im Hintergrund.

„So, da wären wir, der Gast zuerst" bat sie Tim herein, nachdem die Tür aufgeschwungen war. Tim trat ein und fand sich in einem geräumigen Flur wieder, der gerade auf einen großen Raum zuführte.

„Nein, nicht geradeaus, rechts die Treppe hoch bis nach ganz oben. Geh schon mal vor, ich komme gleich nach!", rief Lina ihm zu und verschwand in einem kleinen Raum auf der linken Seite des Korridors. Etwas zögerlich befolgte Tim ihren Wunsch und stieg die hölzerne Wendeltreppe hinauf, bis er ein Stockwerk höher gelangte. Dort waren jedoch alle Türen geschlossen und Tim war einen Moment ratlos, bis ihm wieder einfiel, dass Lina gesagt hatte bis nach ganz oben. Also stieg er die zweite Treppe empor und fand sich vor einer einzelnen Tür wieder. Das musste der Raum sein, den Lina gemeint hatte, und so öffnete Tim vorsichtig die Tür. Das was er nun sah, ließ seine Kinnlade herunterfallen und ihn seine Augen weit aufreißen. Direkt schoss der Schmerz zurück in sein Gesicht und Tim fluchte laut. Von unten erklang Linas besorgte Stimme: „Alles in Ordnung da oben? Ich komme gleich." Doch Tim war nicht zum Antworten in der Lage. Einerseits war sein Gesicht noch von dem plötzlich auftretenden Schmerz wie betäubt, andererseits war der Ausblick, den man in diesem Zimmer hatte, atemberaubend und verschlug ihm die Sprache. Die gesamte Rückseite des Raumes und ein großer Teil des Daches waren nicht gemauert und tapeziert, sondern verglast worden und so hatte man einen unglaublichen Ausblick auf die Landschaft hinter dem Haus. Hinter dem Feld, auf dem der Mais grün-golden glänzte, begann ein Wald, der sich in der Ferne verlor. Der Ausblick war einfach fantastisch. Er war das genaue Gegenteil zu dem Ausblick aus seinem neuen Zimmer, wo ihm teilweise Blätter und Äste schon den Blick auf die gegenüberliegende Häuserfront versperrten. Bei Sonnenuntergängen musste dieses Zimmer ein Paradies sein, besonders wenn die Sonne hinter den Wipfeln der Bäume versank. Die Weite des Landes und der Ausblick über die Landschaft riefen Erinnerungen an sein altes Zimmer wach. Auch dieses war durch viele Fenster sehr hell gewesen und hatte einen tollen, zwar nicht mit diesem vergleichbaren, aber trotzdem schönen Ausblick auf das Land und die Gegend gegeben. Tim wurde traurig, während Erinnerungen aus seinem alten Leben erwachten. Warum hatte nicht alles bleiben können wie es war? Warum hatte er nicht dort bleiben können, wo er aufgewachsen war, hatte nicht in seinem gewohnten Umfeld weiterleben können?

Mit einem leisen Klirren näherte sich Lina, in der Hand ein Tablett mit Gläsern und Getränken. Auf der letzten Stufe traf ihr Fuß jedoch nicht ganz die dafür vorgesehene Fläche und rutschte ab. Mit einem Schrei ließ Lina das Tablett los und versuchte sich mit den Händen auf dem Boden abzufangen. Tim, dessen Hände vorher in seinen Hosentaschen gesteckt hatten, reagierte jedoch blitzschnell und fing Lina auf, bevor sie auf dem Boden aufschlug. Die schnelle Bewegung und das ruckartige Anspannen seiner Muskeln schmerzten Tim direkt im Gesicht, aber außer einer Grimasse bekam Lina nichts davon mit. Mit einem lauten Knall prallten Flaschen, Gläser und das Tablett auf das Parkett, jedoch ging keines der Gläser kaputt und auch die Plastikflaschen mit Saft und Cola blieben ganz. „Oh scheiße, bin ich dumm", meinte Lina. Tim half ihr aufzustehen, danach fügte sie hinzu: „Danke fürs Auffangen." Immerhin hatte ihn dieser plötzliche Adrenalinschub von den melancholischen Heimatgedanken befreit. Immer noch hatte Lina Züge des herzlichen Lächelns im Gesicht und das beruhigte Tim wieder ein wenig. Sie schien immer gut gelaunt zu sein, oder tat zumindest so, als wäre sie es. Dieses Lächeln, das stets ihre Augen erreichte und zu keiner Zeit gekünstelt oder gestellt wirkte, hatte etwas an sich, bei dem Tim alle schlimmen Gedanken zeitweise vergessen konnte. „Ein schöner Ausblick, findest du nicht?", fragte Lina ihn, hob Gläser, Tablett und Flaschen auf und stellte die Sachen auf einem kleinen Tisch beiseite. „Es ist wunderbar. Ich wünschte, ich hätte ein Zimmer mit so einem Ausblick." Das Mädchen lachte. „Dein Zimmer ist doch auch nicht schlecht. Die Aussicht hier ist das einzige wirklich Besondere daran."

Mit einem Zwinkern nahm Lina Tims Hand und zog ihn zu einer kleinen Sitzecke, die Tim vorher nicht bemerkt hatte. Er sah sich um, doch da gab Lina ihm schon einen sachten, aber bestimmten Stoß vor die Brust, sodass er rücklings auf eine kleine Couch stolperte. Jetzt lachte Lina. „Also wenn du dich von jedem Mädchen so herum schubsen lässt, dann sehe ich schwarz für dich." Ihr breites Grinsen sprach Bände darüber, dass sie das aus Spaß gesagt und nun eine schlagfertige Antwort erwartete. „Es kommt darauf an, wer mich schubst. Außerdem bin ich im Moment gehandicapt, sonst hättest du nie eine Chance gehabt." Zum Spaß streckte Tim ihr die Zunge entgegen und verengte die Augen. Aber auch er grinste jetzt und bekam mit einem unangenehmen Ziehen im Gesicht direkt die Bestätigung für seine Worte.

„Oh, das freut mich aber. Das heißt ja, dass ich jetzt alles mit dir machen kann, weil du dich ja quasi nicht wehren kannst."

Damit hatte Tim nicht gerechnet. Verdattert versuchte er zu erwidern: „So war das jetzt nicht…", aber Lina ließ ihn den Satz nicht beenden. „Keine Ausreden. Jetzt ist es raus, jetzt musst du alles tun, was ich sage!" Der schelmische Blick, den sie dabei aufsetzte, ließ sie mehr wie eine Zwölf-, als eine Sechzehnjährige wirken. Kurz wandte sie sich ab und legte eine CD in eine Stereoanlage, die neben der kleinen Couch stand. Dann drückte sie auf Play und ein aktueller Song aus den Charts wurde gespielt. Lina drehte sich wieder zu Tim um und ergriff seine Hand. „So, aufstehen mein Lieber." Ihr verschmitztes Gesicht ließ schon nichts Gutes ahnen und dementsprechend sträubte sich Tim. „Aber du hast mich doch gerade erst…"

„Ja stimmt, ich habe es mir aber anders überlegt als du gesagt hast, dass ich alles mit dir machen kann." Jetzt war sie es, die ihm die Zunge entgegenstreckte.

„Das habe ich ni…", versuchte Tim sich zu retten. Doch wieder unterbrach Lina ihn. „Jetzt stell dich nicht so an. Ich werde dich schon nicht umbringen. Ich will bloß ein bisschen mit dir tanzen."

„Aber ich kann nicht …"

„Dann bringe ich es dir bei. Komm schon, bitte…". Lina zog einen Schmollmund. Nun fühlte sich Tim in seiner Haut unwohl. Er wollte Lina keine Absage erteilen, aber er konnte wirklich nicht tanzen. Als kleines Kind war er natürlich, wie jedes andere kleine Kind, spaßeshalber ein bisschen umhergehüpft und hatte es als tanzen bezeichnet, aber wirklich tanzen? Das war etwas vollkommen Neues für ihn. Wieder schaute er in ihr Gesicht und sah die stumme Bitte in ihren blauen Augen. Jetzt merkte Tim, dass Lina seine Hand immer noch festhielt und daran zog. Widerwillig gab er nach und ließ sich aufhelfen. „Es ist einfacher als man denkt", ermutigte sie ihn. „Bleib nur ganz locker, am Anfang führe ich dich."

Jetzt versuchte Tim sich zu entspannen, doch als Lina einen Schritt näher an ihn herantrat, verkrampfte er sich gegen seinen Willen. Warum passierte das? Wovor hatte er Angst? Sie würde ihm nichts tun, da war er sich sicher. Wahrscheinlich lag es daran, dass er Lina noch nicht wirklich gut kannte. Nach den paar Treffen war sie nicht mehr vollkommen fremd für ihn, aber direkt mit ihr tanzen?

Besonders seine Magengegend zog sich stark zusammen, als Lina nur noch Zentimeter von ihm entfernt war. Als sie nun auch noch ihre rechte Hand auf seine linke Schulter legte, floss ein Kribbeln durch Tims gesamten Körper. So etwas hatte er noch nicht oft zuvor erlebt. Er wusste nicht, wie er es einzuordnen hatte. Hatte er wirklich Angst, dass Lina ihm noch näher kam? Oder wollte er es gerade und war deshalb so aufgeregt?

Jedoch hatte er sich ihr geöffnet, ihr als Einzige, fiel es Tim wieder ein.

„Hey, ich hab gesagt locker!" Irgendwie musste Lina gespürt haben, dass er sich innerlich verkrampft hatte. „Wovor hast du denn Angst? Ich tue dir wirklich nichts. Oder glaubst du, ich falle jetzt gleich über dich her?"

„I... Ich weiß auch nicht, eigentlich will ich das gar nicht."

„Entspann dich. Hör auf nachzudenken. Mach erst mal die Augen zu. Dann kannst du dich besser entspannen." Tim versuchte es, schloss die Augen und ließ seinen Atem langsamer gehen als zuvor. Allmählich fiel die Angespanntheit von ihm ab, die verkrampften Muskeln lockerten sich und schließlich stand er vollständig gelöst im Raum.

Tim fiel auf, dass man sich mit geschlossenen Augen viel besser auf die anderen Sinne konzentrieren konnte. Er hörte die leise Musik im Hintergrund, die plötzlich lauter wurde und nun nicht mehr im Hintergrund spielte, sondern sich den Weg zu seiner vollen Aufmerksamkeit bahnte. Es war ein langsamer Song, ruhig und nur dünn besetzt, ein Gitarrenspieler, ein Schlagzeuger, ein Bassist und ein Pianist soweit er es heraushören konnte. Die Stimme des Sängers war ruhig und gleichmäßig und durchwob die sanfte Melodie mit einem feinen Akzent. Bevor sich Tim jedoch weiter auf die Stimme konzentrieren konnte, um zu hören, was der Sänger in seinem Song thematisierte, spürte er einen leichten aber bestimmten Zug an seiner rechten Schulter, die immer noch von Linas Hand gehalten wurde. Seine Nase ertastete einen fruchtigen und belebenden Duft. Tim wusste nicht, was er damit verband, aber es roch einfach gut und er nahm einen tiefen Zug, um möglichst viel davon aufnehmen zu können. Gefügig setzte Tim einen Schritt nach rechts und musste direkt im Anschluss einen Schritt mit dem linken Fuß nach vorne machen, da Lina ihn sofort nach dem Seitschritt nach vorne gezogen hatte. Danach drückte sie ihn leicht nach hinten, sodass sein Gewicht nun wieder auf seinem rechten Bein lastete und zog Tim dann nach links. Tim machte einen Schritt zur Seite und wurde prompt erneut nach hinten gedrückt, das Gewicht nun auf seinem nach hinten gezogenen rechten Bein. Ein letztes Mal zog sie ihn wieder zu sich ran, drückte ein bisschen nach rechts und wiederholte ab da die Schritte, bis Tim sie verinnerlicht hatte und auswendig konnte.

Der Song war vorbei und plötzlich war es ganz still im Raum. Tim hörte Linas Atem. Es war Lina, die diesen wundervollen Duft verströmte.

Kurz verweilte er bei diesem Gedanken und stellte sich vor, wie es wohl wäre, den Geruch ständig bei sich zu haben. Wie wäre es, wenn er Lina ständig bei sich hätte. Sie war anders als alle Mädchen, die er zuvor getroffen hatte. Sie hatte sich für ihn interessiert, obwohl sie ihn nicht kannte, obwohl er der Neue, der Außenseiter gewesen war. Sie hatte sich zu ihm gesetzt, seine Tränen getrocknet und war bei ihm geblieben bis er sich beruhigt hatte. Sie hatte ihn nach Hause begleitet, in den Schlaf getröstet, doch der Grund, warum sie das getan hatte, blieb ihm immer noch schleierhaft. Warum hatte sie ihn jetzt zu sich nach Hause eingeladen? Gab es irgendeinen besonderen Grund dafür? Hatte sie ihm zeigen wollen, wie schön sie es im Vergleich zu ihm hatte? Und warum hatte sie mit ihm getanzt? Er hatte es nie zuvor in seinem Leben versucht und war ihr, als er seine Augen geschlossen gehalten hatte, mehrmals auf die Füße getreten. Für sie war es bestimmt nicht schmerzfrei gewesen. Das hatte Tim schon alleine daran merken können, dass sich der Druck ihrer Hand auf seiner Schulter verstärkte. Doch nie war ein Laut, der ihre Schmerzen oder ihren Ärger darüber ausgedrückt hätte, über ihre

Lippen gekommen. Sie hatte geduldig mit ihm dagestanden und hatte ihn solange wie eine Marionette hin und her dirigiert, bis er es von alleine geschafft hatte. War am Ende doch alles wirklich so einfach, wie Lina es gesagt hatte? Tat sie das alles wirklich bloß, weil sie ihn mochte, wie sie es ihm versichert hatte? Tim wusste es nicht.

„Augen auf!" Zögerlich hoben sich Tims Lider und das Erste, was sein Blick erfasste, war eine munter dreinblickende Lina, die ihn zufrieden angrinste. „Na das war doch gar nicht so schlecht für den Anfang. Ich fand es lustig, vielleicht sollten wir das öfter machen. Aber ich muss dich enttäuschen, denn ich kann leider nur diesen einen Tanz. Wenn wir andere Sachen tanzen wollen, müssen wir in einen Tanzkurs gehen."

Noch immer ein bisschen verwirrt begann Tim nur langsam, etwas Anderes als seine Tanzpartnerin wahrzunehmen. Sein Gehirn brauchte ziemlich lange, bis es eine passende Antwort gefunden hatte, und so stand er eine halbe Minute sprachlos herum und verlor sich in Linas schönen blauen Augen. In seiner Ahnungslosigkeit fühlte er sich wie ein orientierungsloser Junkie, der einfach stumpf durch die Gegend blickte, ohne wirklich etwas zu erfassen. Hatte Lina ihn gerade gefragt, ob er mit ihr einen Tanzkurs besuchen wollte? Er war sich nicht hundertprozentig sicher, meinte aber, dass diese Andeutung nichts Anderes bedeuten konnte. Als sein Vater noch gelebt hatte, hatte er ihn oft dazu überreden wollen, so einen Kurs zu besuchen. Tim war jedoch immer etwas dazwischen gekommen, sodass er ein vollkommener Anfänger auf diesem Gebiet war.

Zwar hatten auch in seiner alten Heimat Mädchen versucht, ihn zum Tanzen zu drängen, doch war keine von ihnen so gewesen wie Lina, einerseits so direkt und andererseits so rücksichtsvoll. Aber was, wenn Lina es doch nicht so gemeint hatte, es nur als Scherz formuliert und keine ernsthaften Gedanken daran gehegt hatte? Wie würde sie reagieren, wenn er es falsch aufgefasst und verstanden hatte?

Tim erinnerte sich an seine letzte Beziehung, wirklich lange gehalten hatte sie nicht. Das Wort Beziehung war eigentlich übertrieben. Man hatte auf einigen Partys ein bisschen rumgemacht, aber wirklich ernstes war daraus nicht geworden. Dann hatte Tim erfahren, dass sie einen festen Freund hatte, obwohl sie dies ihm gegenüber stets, wenn auch nicht ganz nüchtern, verneint hatte. Seitdem war Tim etwas misstrauisch geworden, was die Absichten von Mädchen anging.

Überwältigt von seinen Reaktionen und Gedanken auf die letzten fünf Minuten ließ Tim sich auf das Sofa fallen, überlegte weiter und bemerkte nicht, dass Lina den Raum kurz verließ. Erst als sie wieder eintrat, gelangte auch sein volles Bewusstsein zurück ins Zimmer.

Lina kam auf ihn zu und hielt ihm einen Flyer unter die Nase. „Guck mal hier, die bieten Tanzkurse für Jugendliche an, und zufälligerweise startet nächste

Woche ein Kurs. Sollen wir mal zusammen dahingehen und gucken, ob es uns gefällt?" Damit hatte sich die Frage, wie die Andeutung zuvor zu verstehen gewesen war, erledigt. Lina wollte einen Tanzkurs mit ihm besuchen, das hatte sie jetzt mehr als deutlich zu verstehen gegeben.

Kunterbunter Krempel

Tim saß in der Bahn. Seit er in die neue Stadt gezogen war, war es das erste Mal, dass er die öffentlichen Verkehrsmittel benutzte um irgendwo hin zu gelangen. Bisher war alles bequem zu Fuß zu erreichen gewesen. Es war nicht schlimm für ihn, dass er jetzt Zug fuhr, und doch war Tim leicht angespannt. Vielleicht lag es auch an den Leuten, die sich in der Bahn aufhielten. Ein Großteil seiner Reisegefährten kleidete sich komplett in schwarz und hatte lange Haare, die ihnen ins Gesicht fielen. Die Musik, die aus ihren Kopfhörern dröhnte war entweder bloßer, lauter Krach ohne Sinn oder lauter Krach mit einer zusätzlichen Stimme, die unverständliche Worte ins Mikro brüllte. Nicht wenige dieser dunklen Gestalten stanken stark nach Schweiß und Alkohol und einige trugen sogar Nietenarmbänder und Gürtel, ihre persönlichen Zeichen der Verbundenheit mit dieser Szene. Zwei von ihnen musterten Tim kritisch, und dieser begann sich immer unwohler zu fühlen. Fremder Ort, fremde Stadt, fremde Leute. Wäre er alleine hier gewesen, hätte er es vermutlich nicht lange ausgehalten, doch zum Glück hatte er eine Begleitung bei sich. Lina saß, die Beine übereinandergeschlagen neben Tim und tippte etwas in ihr Handy. Kurz darauf war sie fertig, sah auf, bemerkte, dass er sie beobachtete, und lächelte. Sie beugte sich zu Tim herüber und flüsterte ihm ins Ohr: „Mit so vielen von diesen Leuten bin ich noch nie gefahren. Die sind mir unheimlich, mit ihren schwarzen Klamotten und den komischen

Haaren. Denen kann man gar nicht in die Augen gucken, wenn man sich mit ihnen unterhält. Wenn ich mit jemandem spreche, möchte ich eigentlich, dass er mir in die Augen sieht, oder wenigstens sein Gesicht zeigt. Tim schwieg und nickte nur zustimmend. Dann brummte Linas Handy und sie wandte sich wieder ab und dem kleinen Bildschirm zu, wo sie die gerade eingegangene Nachricht aufmerksam studierte. Tim widerstand der Versuchung, einen Blick darauf zu erhaschen und sah stattdessen erneut aus dem Fenster und ließ seinen Verstand abdriften, zu jenem Abend, als sie ihre erste Tanzstunde gehabt hatten.

Da Tim zu Anfang nicht wusste, wo die Tanzschule lag, hatte Lina ihn nachmittags abgeholt und die beiden waren zusammen mit dem Rad dorthin gefahren. Der Tanzlehrer war ein netter Kerl, nicht älter als 30, der gerne mal einen Witz erzählte oder sich im Spaß über Teilnehmer des Kurses amüsierte, um die anfangs noch gespannte Atmosphäre aufzulockern. Die anderen Jugendlichen im Kurs waren teilweise etwas jünger, einige auch älter, der Großteil jedoch hielt sich die Waage mit Tim und Lina. Doch waren die beiden das einzige *Pärchen*, das sich mit einem festen Tanzpartner angemeldet hatte. Daher schauten alle anderen, als sie zum ersten Mal den Partner wechseln sollten, leicht verdutzt, denn Tim blieb bei Lina und ging nicht, wie alle anderen, zwei Mädchen weiter. Vor Beginn des Kurses hatte Tim Bedenken gehabt, dass er Linas Erwartungen nicht entsprechen würde und sie sich mitten in der Stunde jemand Anderen suchen würde, doch war auch sie bei ihm geblieben. Der

Tanzlehrer war zufrieden und ohne etwas zu bean-
standen weitergegangen, ohne weitere Kritik zu üben
oder die beiden zu verbessern. Nach der Stunde hatte
Tim Lina nach Hause begleitet und sie hatten sich
über die verschiedensten Dinge unterhalten. Als die
beiden bei Lina angekommen waren, hatte sie ihn zum
Abschied umarmt. Tim, leicht überrascht, aber glücklich, erwiderte die Umarmung, jedoch nur ganz sacht
und vorsichtig. Bevor Lina im Haus verschwand, rief
sie ihm zu, dass sie unbedingt einmal etwas Farbe in
sein Zimmer bringen müssten, denn das ganze Weiß
ließ es auch in ihren Augen kalt und steril wirken. Und
so saßen sie jetzt in der Bahn, auf dem Weg zu einem
Möbelhaus, um bunte Accessoires für Tims Zimmer
einzukaufen.

Der Zug bremste und Lina stand auf. „So, da wären wir. Hier müssen wir raus." Tim, völlig aus seinen
Gedanken gerissen, brauchte einen Moment bis er
sich zurechtgefunden und orientiert hatte. Dann eilte
er Lina hinterher. Glücklicherweise hielt die Bahn direkt vor dem blau gelben Möbelhaus und innerhalb
von fünf Minuten hatten Tim und Lina das Gebäude
betreten und sich an der Informationstafel einen Über-
blick verschafft. „Am besten nimmst du dir jetzt
schon mal eine Tüte oder einen Wagen, damit wir alles, was wir finden, auch mitnehmen können." Tim
machte sich auf die Suche und kurze Zeit später zu-
ckelte er mit einem Einkaufswagen hinter seiner
Freundin her. „Ich finde ja, du solltest auf jeden Fall
etwas Grünes und Lebendiges in deinem Zimmer haben. Wie wäre es mit einer kleinen Palme oder ein

paar Kakteen?", fragte sie, während sie geradeaus weiterging. Als Tim nicht antwortete, drehte sie sich um. Zwar klang ihre Stimme amüsiert und sympathisch wie immer, doch etwas stimmt nicht mit ihrem Gesicht: Sie sah nicht so fröhlich und vergnügt aus wie sonst. Ihr Mund zeigte weder das bekannte und gern gemochte Lächeln, noch irgendeine andere Regung. Er war ohne Ausdruck. Tim beschloss, Lina später danach zu fragen.

Die beiden machten sich auf zur Pflanzenabteilung und Lina suchte für Tim eine hüfthohe, mit großen tiefgrünen Blättern bestückte tropisch aussehende Pflanze aus. Tim gefiel das Grünzeug, auch wenn er sich den komplizierten lateinischen Namen nicht merken konnte. „Was soll ich denn damit?", fragte er, doch Lina antwortete direkt: „Nichts, die ist zum Rumstehen und Angucken da." Tim konnte nicht anders und musste breit grinsen.

Als nächstes wollte Lina in die Abteilung für Bürozubehör und deckte Tim mit allerlei verschiedenen bunten Gerätschaften ein, deren Sinn Tim manchmal erst nach genauerem Hinsehen entziffern konnte. Einfache Sachen wie eine quietsch grüne Zettelbox oder ein blaugrüner Locher stellten keine Probleme dar, doch an einem metallischen Ring bleib er ratlos. Irgendwie sah dieser doch sehr breite Ring wie ein Armband aus, und obwohl Tim sich wunderte, was ein Armband bei den Büroartikeln zu suchen hatte, streifte er es sich mit viel Mühe über. Dann sah er zu Lina, welche ihn wie ein Auto anglotzte. Sie fing an zu lachen und gab ihm mit der flachen Hand einen leichten Klaps vor die Stirn: „Scherzkeks, das ist ein Handyhalter und kein Armband."

Tim schoss die Röte ins Gesicht und er zog das Ding so schnell wie möglich von seinem Arm. Als die zwei ein gutes halbes Dutzend solch kurioser Gegenstände ausgewählt hatten, wollte Lina seinen kahlen Wänden noch etwas Farbe verpassen. So gingen sie einige Abteilungen weiter, wo große Leinwände und Poster die meterhohen Wände schmückten. Gemälde und Fotos, Schemen- und Detailmalereien sowie am Computer erstellte Figuren und Symbole gab es zuhauf, von überall drangen unterschiedliche Bilder auf Tim ein. Langsam gingen sie durch die Abteilung, bis sie vor einem kleinen aber auffällig designten Kunstwerk stehen blieben. Es zeigte ein Kornfeld, auf dem die Ähren sich im Wind wogten. Über dem Feld sah man den Himmel in Rot- und Orangetönen leuchten, irgendwo musste dort die Sonne gerade untergehen. Der rot und orange leuchtende Schein der Sonne tauchte auch die Ähren und das ganze Feld in einen goldenen Schimmer und unverzüglich musste Tim an das Foto seines Vaters denken, welches zu Hause sicher in seinem schwarzen Buch verwahrt war. Eine Zeit lang stand Tim reglos vor dem Bild und betrachtete es mit immer stärker steigendem Interesse, bis Lina das Bild kurzerhand abhängte und in den Wagen zu den anderen Errungenschaften legte.

Am späten Nachmittag wiesen sie jedem der erworbenen Designstücke einen festen Platz im Zimmer zu, damit die bunten Gegenstände ihre volle Leuchtkraft verströmen konnten. Tim hatte Lina immer noch nicht danach gefragt, wo ihr Lächeln geblieben war. Er hatte während des gesamten Einkaufs auf sie geachtet. Zwar hatte sie, als er ihr von seinen Gedanken zum Handyhalter berichtet hatte, ernsthaft gelacht, doch war die Heiterkeit nicht wie sonst an ihr hängengeblieben. Auf der Rückfahrt hatte sie immer wieder auf ihr Handy geguckt, und Tim meinte sogar einen leichten Anflug von Traurigkeit in ihren Zügen erkannt zu haben.

Mittlerweile waren alle neuen Errungenschaften verteilt und im Zimmer herrschte eine neue, ungewohnt freundliche Atmosphäre. Bloß an einer Stelle der Wand, der längsten im Raum, wirkte das Zimmer immer noch kahl. Tim nahm das Bild und hielt es mittig gegen die Wand. „Wie findest du es hier?", fragte er. „Ja, da ist es super. Häng es am besten gleich auf!", war ihre Antwort. Also holte Tim Hammer und Nägel und befestigte das Bild an der Wand. Als es hing trat er ein paar Schritte zurück und ließ den Eindruck auf sich wirken. Dann wandte sich Lina an ihn: „Sorry, aber ich muss jetzt gehen. Zu Hause wartet das Essen auf mich."

Tim begleitete sie zur Tür und sah ihr nach, bis Lina hinter der Mauer verschwunden war. Dann schloss er die Tür und ging zurück in sein Zimmer.

Keine Minute später hörte er die Tür erneut ins Schloss fallen. Verwundert wollte er nachsehen, was der Grund dafür gewesen war. Hatte er sie nicht richtig zugemacht, oder war etwas dazwischen geraten, sodass sie einen Spalt breit aufgeblieben war?

Mit einem lauten Knall schwang die Zimmertür auf. Im Durchgang stand seine Mutter, das Gesicht rot vor Zorn. „Wer war dieses Mädchen? Was hat sie hier gemacht?" Unruhig zuckte ihr Blick durch Tims Zimmer, als versuchte sie, hier eine Antwort zu finden. Gerade als Tim zu einer Antwort ansetzen wollte, fuhr sie ihm dazwischen. „Wie sieht es hier überhaupt aus? Was macht dieses ganze Gestrüpp im Raum? Und der ganze bunte Krempel? Du hast doch dafür nicht etwa bezahlt? Wenn ich herausfinde, dass du an mein Geld gegangen bist, dann setzt es was!" Ihr Blick fiel auf das neue Bild an der Wand. „Was ist das?" keifte sie. „Hörst du nicht, WAS IST DAS?" Mit schnellen Schritten durchmaß sie den Raum und baute sich drohend vor ihrem Sohn auf. „Ei- ein Bild", stammelte Tim, immer noch vollkommen überrascht vom plötzlichen Erscheinen seiner Mutter. „Willst du mich verarschen?", schrie sie. Mittlerweile war sie vollkommen außer sich, fuchtelte wild mit den Armen umher. „Ich weiß selber, dass das ein Bild ist. WOHER hast du das?" „Aus dem Möbelhaus", entgegnete Tim. „Ach, der werte Herr war also im Möbelhaus. Und dann hat er nichts Besseres zu tun als ein Bild mit einem Feld zu kaufen?" Langsam wurde nun auch Tim zornig. „Mir gefällt das Bild, und in meinem Zimmer darf ich doch wohl immer noch das aufhängen was ich will!" Mit Gegenwehr hatte seine Mutter nicht gerechnet. Umso heftiger war ihre Reaktion auf seine

Entgegnung: „Dein Zimmer? DEIN ZIMMER?", fuhr sie ihn an. „Nichts hiervon gehört dir. Du bist nur hier, weil ich so nett bin, dich hier wohnen zu lassen! Ohne mich wärst du gar nicht hier, du würdest in irgendeinem Waisenhaus verrotten, weil dein Vater zu dämlich war, mit seinem Motorrad auf der Straße zu bleiben!"

„Lass Papa da raus!", begehrte Tim auf. „Es war ein Unfall, und das weißt du genau. Hättest du ihn nicht so verletzt, dann…"

„Dann was? Wäre er noch am Leben? Träum doch nicht vor dich hin, du Idiot. Dein Vater war krank, hat täglich Medikamente geschluckt." Tim wollte etwas entgegnen, doch wieder fuhr ihm seine Mutter unbarmherzig dazwischen: „Pass auf, was du jetzt sagst. Du bist weit genug gegangen, noch ein Wort, und ich schmeiße dich raus." Dann machte sie auf dem Absatz kehrt, wollte aus dem Zimmer gehen, machte jedoch einen Bogen und blieb vor dem Bild stehen. Sie musterte es einen Moment, bevor sie es gewaltsam aus der Wand riss, sich das Bild unter dem Arm klemmte und das Zimmer verließ. Die Tür knallte zu, dann war es still.

Tim kauerte auf seinem Bett, unfähig, irgendetwas zu tun. Seine Augen wurden glasig, dann erschienen die ersten Tränen auf seinen Wangen. In was für einer Hölle war er hier gelandet? Sie hatte Recht, er wohnte in ihrem Haus, doch hatte sie auch die Pflicht, sich um ihn zu kümmern, wie es normalerweise die meisten Eltern auch tun.

Die Gedanken schweiften zu Tims Vater, und die Schmerzen in seinem Inneren wurden wieder stärker. Wie gerne würde er sich jetzt von seinem Vater trösten lassen, zu hören bekommen, dass alles halb so schlimm sei und seine Mutter es nicht so gemeint habe. Doch Tim wusste es besser. Sie hatte alles so gemeint, wie sie es auch gesagt hatte. Sie würde ihn verstoßen, wenn er sich ihr widersetzte. Aber sein Vater war nicht hier, weder tröstete er ihn, noch strich er beruhigend über Tims Rücken. Sein Vater war tot. Aus dem Leben gerissen, würde nie wieder zurückkehren. Daran gab es keinen Zweifel. Verschwunden, seine tröstenden Worte für immer verstummt.

Ein Engel

Sie saßen bei Lina auf dem Balkon. Die Sonne stand tief, der Himmel erstrahlte in leuchtendem Orange und war mit violetten und roten Streifen durchsetzt. Die Bäume warfen lange Schatten und ihre Wipfel waren in goldenes Licht getaucht.

Lange hatte Tim geredet, Lina vom Streit mit seiner Mutter erzählt. Glücklicherweise war diese über das Wochenende auf Geschäftsreise, daher scherte es niemanden, wann Tim nach Hause kam. Normalerweise hätte er die Zeit vor seinem Computer oder mit Büchern verbracht, aber die Worte seiner Mutter hatten die alten Wunden wieder aufgerissen.

Lina hörte zu, ohne ein Wort zu sagen, und je länger Tim erzählte, desto größer wurden ihre Augen. Als er erzählte, wie seine Mutter seinem Vater die Schuld gegeben hatte, dass er jetzt bei ihr leben musste, hatte Lina nach Tims Händen gegriffen und sie ermutigend festgehalten. In ihrem Gesicht spiegelten die Empfindungen, unter denen Tim litt, und doch tat es gut, sich jemandem anvertrauen zu können.

Wieder stiegen ihm Tränen in die Augen. Tim wandte sich ab, er wollte nicht, dass Lina sah, wie er weinte. Doch sie drückte seine Hände fester und sprach mit leiser Stimme: „Hey, hör mir mal zu. Ich finde es nicht schlimm, wenn du trauerst. Wahrscheinlich ist es sogar besser, dass du all das raus lässt, was dich belastet, sonst frisst es dich von innen auf und nagt dein ganzes Leben lang an dir."

Es tat gut, das zu hören, trotzdem fühlte sich Tim unwohl dabei, Lina anzusehen wenn ihm die Tränen über das Gesicht liefen. Daher hielt er den Kopf zur Seite gedreht. Eine Hand löste sich von seiner und legte sich auf seine Schulter, strich sanft darüber. Tim schloss die Augen und versuchte, den Tränenfluss zu stoppen. Der beruhigende Druck auf seiner Schulter erinnerte ihn. Genauso hatte sein Vater ihn getröstet, wenn Tim traurig gewesen war. Ohne Worte, nur durch Gesten und Dasein. Dass da jemand war, der ihm nichts Böses wollte, der ihn nicht als Last empfand und sich seiner nicht nur annahm, weil er es musste, gab Tim neue Kraft und er schaffte es, die Trauer niederzukämpfen.

Die Sonne sank tiefer, die Bäume warfen längere Schatten. Langsam verschwand das Licht vom Himmel und läutete die Dämmerung ein. Tim wurde sich bewusst, dass Lina mit der einen Hand immer noch die seine festhielt und mit den Daumen sanft über seine Finger strich. Sie blickte ihn an, ihre Augen funkelten im letzten Licht des Tages, dann zog sich ihr Mund zu einem schüchternen Lächeln. „Ist es besser?", fragte sie. Tim nickte und schluckte den Rest seines Kummers hinunter. Dann rückte Lina näher an ihn heran, bis sie direkt neben Tim saß. Auch ihre andere Hand griff nun wieder nach seiner und hielt sie einfach nur fest. Eine ganze Zeit lang rührten sie sich nicht. Tim sah, wie die Dunkelheit sich ihren Weg bahnte, wie die Nacht über den Tag kam. Dann lehnte Lina ihren Kopf gegen seine Schulter und blickte Tim fragend an. Er lächelte und zwinkerte ihr zu. Als er das Gewicht an seiner Schulter spürte, passierte etwas in Tims Innerem. Tausend kleine Tiere schienen über seine Haut zu krabbeln, brachten seinen ganzen Körper zum Kribbeln. Fast wäre er erschrocken hochgezuckt, doch irgendwie fühlte es sich gut an. Ein Gefühl, bisher unbekannt und doch erfüllte es ihn, als hätte er schon sein ganzes Leben darauf gewartet.

Einem inneren Impuls folgend, hob Tim seinen Arm und legte ihn um Lina. Über ihren inzwischen geschlossenen Augen hob sie überrascht eine Braue und Tim begann sich zu fragen, ob das was er tat richtig war. Dann lächelte Lina jedoch und kuschelte sich in seinen Arm hinein.

Lange beobachtete Tim Lina, die schnell in einen sanften Schlaf übergeglitten war. Im Licht des Mondes und der Sterne sah sie aus wie ein vom Himmel gefallener Engel. Ihre Haare glänzten im Licht des Himmels und ihr Gesicht erinnerte Tim an das einer Elfe, einer wunderschönen Märchengestalt.

Er begann sich zu fragen, ob die Freundschaft, die da zwischen ihnen erblühte, das Einzige bleiben würde, oder ob sich zwischen den beiden mehr entwickeln könnte. Aber was dachte er da? Er sollte froh mit dem sein, was er hatte, mit der Freundschaft eines wunderschönen Mädchens, eines Menschen, der ihn verstand und unterstützte, ihn ermutigte und nach jedem noch so schlimmen Sturz wieder zurück auf die Beine half. Besser, er begnügte sich mit der Freundschaft. Und sollte sich mehr entwickeln, würde er nicht derjenige sein wollen, der diese Freundschaft für die gerade eben entdeckten Gefühle riskieren wollte.

Vogelgezwitscher drang an sein Ohr, sanft wehte der Wind über sein Gesicht. Dann blendete ihn etwas helles und Tim wurde wach. Er schlug die Augen auf und blickte überrascht auf ein weites Feld und einen Wald. Verwirrt musterte er seine direkte Umgebung. Er befand sich auf einem Balkon, neben sich ein leerer Stuhl. Dann erinnerte er sich. Er war bis spät abends bei Lina geblieben, sie hatte ihn getröstet und ihm neue Kraft gegeben. Dann hatte sie ihren Kopf an seine Schulter gelehnt. Vor seinem inneren Auge blitzte das Bild Linas in Engelsgestalt auf. Er hatte seinen Arm um sie gelegt und sie hatte sich hineingekuschelt, hatte darin ihren Schlaf gefunden. Dann klirrte etwas hinter Tim und er fuhr herum. In der Tür stand Lina mit einem Tablett in beiden Händen. „Guten Morgen", begrüßte sie ihn. Freundlich schmunzelnd betrat sie den Balkon und stellte das Tablett auf einem kleinen Tisch ab.

„Ich war mal so frei und habe Frühstück gemacht. Hast du Hunger?", fragte Lina und lächelte Tim zu. „Auf jeden Fall", erwiderte dieser und bot sich an, den Tisch zu decken. Danach setzten sie sich und ließen sich das selbstgemachte Frühstück schmecken. Während sich Tim ein Brötchen schmierte, musterte er Lina und stellte fest, dass sie einen leicht gequälten Gesichtsausdruck hatte. „Alles in Ordnung bei dir?", wollte er wissen. Sie zuckte die Schultern und sah ihn an. „Ja, eigentlich schon, ich habe mir heute Nacht wohl nur etwas meinen Nacken verrenkt."

Das hörte sich natürlich logisch an, vorausgesetzt, dass sie die ganze Zeit über mit ihrem Kopf auf seiner

Schulter gelegen hatte. „Warte, vielleicht kann ich da was machen." Überrascht von sich selbst erhob sich Tim und stellte sich hinter Lina. Neugierig beobachtete diese ihn. Dann legte er seine Hände an ihren Hals und begann sie zu massieren. Es musste ungefähr ein Jahr her sein, dass Tim den Massagekurs in seinem Heimatdorf besucht hatte, und vieles war mittlerweile schon wieder vergessen. Doch an einiges erinnerte er sich noch, unter anderem daran, wie man Verspannungen im Nacken löste. Mit festem Griff und sicherer Hand knetete er ihre Muskeln, fühlte, wie sie sich unter seinen Fingern entspannten. Lina schloss die Augen und stieß ein wohltuendes Seufzen hervor.

Nachdem Tim fertig war, öffnete sie die Augen und Bedauern lag in ihrer Stimme, als sie fragte: „Schon vorbei?" Dann reckte sie ihren Hals, drehte den Kopf nach rechts und links, ließ ihn vor und zurück wippen, um dann festzustellen: „Es tut nicht mehr weh. Dankeschön!" Beim letzten Wort war sie aufgestanden und hatte Tim umarmt. Dieser, vollkommen überrascht, umarmte auch Lina und blickte in ihr lächelndes Gesicht. „Gern geschehen", zwinkerte er. Auch seinen Mund zierte ein Lächeln, dann fügte er hinzu: „Ich muss jetzt gehen, sonst ist meine Mutter noch vor mir zu Hause."

Auf dem Nachhauseweg betrachtete er die Schönheiten um sich herum. Er sah die Schmetterlinge vor seiner Nase fliegen, hörte in der Nähe Kinder lachen und fühlte die Sonnenstrahlen auf seiner Haut. Der stetig präsente Schmerz der Trauer war einem dumpfen Ziehen in seinem Hinterkopf gewichen. Endlich nahm er wieder die schönen Seiten des Lebens wahr, konnte sich über kleine Dinge freuen. Vielleicht war der Umzug ja doch nicht so schlimm gewesen, wie er anfangs geglaubt hatte. Vielleicht war es gut so, dass alles so gekommen war, wie es sich ihm jetzt präsentierte.

Irgendetwas war mit ihm bei Lina passiert. Etwas, das er nicht genau definieren konnte. Er wusste nur, dass es gut tat.

Später am Tag saß Tim am Schreibtisch in seinem Zimmer. Vor ihm lag ein Blatt Papier, ein weißes Dokument auf dem Tisch. *Was für eine beschissene Hausaufgabe* dachte er sich, während seine Hand ratlos über dem Blatt verweilte und einen Stift fest umklammert hielt. Was hatte sein Lehrer eigentlich für Eingebungen, ihnen solch eine sinnlose Aufgabe zu geben? Ein Gedicht schreiben, ok, damit hätte Tim sich einfach abgefunden, irgendetwas wäre ihm bestimmt eingefallen. Doch das Gedicht war ja nicht alles gewesen. Zusätzlich sollte es zu einem ganz bestimmten Thema verfasst werden. Nicht Liebe, Leben in der Stadt oder Natur. Sie sollten keine wachsenden Bäume oder blühenden Blumen umschmeicheln. Das Thema war so einfach wie banal, jeder andere könnte im Handumdrehen ein paar Zeilen dazu auf ein Blatt kritzeln, doch nicht Tim. Der Lehrer hatte sich in Tims Augen eines der schwierigsten Themen ausgesucht und dieser quälte sich nun schon seit einer knappen Stunde mit der Aufgabe.

„Schreibt über einen Menschen, der euch im Moment besonders wichtig ist."

So hatte die Anweisung gelautet, und vielen war ein Stein vom Herzen gefallen, dass sie nicht über wunderschöne Schmetterlinge philosophieren mussten.

Doch wer war für Tim wichtig? Augenblicklich war ihm sein Vater in den Sinn gekommen, der früher bei ihm gewesen war. Zu jeder Zeit hatte er Tim beigestanden, war immer an seiner Seite, egal ob es Tim gut oder schlecht gegangen war. Die Schmerzen, die sein Vater zeitweise ertragen hatte, mussten schlimm gewesen sein, doch nie war ein Wort der Klage oder des Frusts über seine Lippen gekommen.

Dann war Tim eingefallen, dass es ja eine Person sein sollte, die ihm IM MOMENT besonders wichtig war. Wie gerne er auch über seinen Vater geschrieben hätte, er war nicht mehr da und, obwohl er ihn immer in seinem Herzen tragen würde, hatte er Tim nicht in seiner Trauer beistehen können.

Die Gedanken kreisten weiter, verweilten einen winzigen Augenblick bei seiner Mutter, schossen dann jedoch gleich wieder davon. Sie war keine Hilfe gewesen, hatte seine Lage mit ihrer abweisenden und desinteressierten Art nur noch verschlimmert.

Seine Gedanken fanden Lina. Komisch, dass sie Tim nicht schon vorher in den Sinn gekommen war. Vielleicht, weil sie sich erst verhältnismäßig kurz kannten. Weder gehörte sie zu seiner Familie, noch war sie seine feste Freundin.

Doch was sie ihm gegeben hatte, das war von keiner Seite seiner Familie gekommen. Tim wusste nicht, wie Lina es geschafft hatte, aber mit ihrer neugierigen und unvoreingenommenen Art hatte sie sich in seiner schwersten Zeit Zugang zu seinem Innern verschafft. Ihre ruhigen und besänftigen Worte hatte sich wie Balsam auf seine geschundene Seele gelegt, die Schmerzen gekühlt und die Qualen gelindert.

Doch nicht die Worte waren es gewesen, die aus den Wunden Narben gemacht hatten. Etwas ganz anderes, viel einfacheres hatte Tim dabei geholfen, seinen Weg zurück zu finden. Dass Lina da gewesen war, von der ersten Sekunde an, in der sie sich gesehen hatten. Sie hatte sogleich bemerkt, dass etwas mit ihm verkehrt lief, hatte in seinen Zeiten des Leidens mit ihrer Anwesenheit seine Tränen getrocknet. Lina war der Grund, warum Tim sich endlich wieder annähernd wie ein normaler Teenager fühlen konnte.

Die Erkenntnis, dass Lina es geschafft hatte, aus dem einsamen, gefühlsarmen und zerbrochenen Jungen wieder einen lebendigen, offenen und freundlichen Menschen zu machen, hatte Tim erst heute Morgen auf dem Heimweg ereilt. Was für ein Mensch musste sie sein, wenn sie mit so wenig Tun, was für Tim so unendlich viel gewesen war, erreicht hatte, dass er wieder ein gewöhnliches Leben führen konnte? Wieder blitzte ein Bild durch seinen Kopf. Dunkel, nur der Schein des Mondes beleuchtete eine kleine Fläche. An seiner Schulter lehnte Lina. Ihr Gesicht, umrahmt von den golden und silbern funkelnden Haaren, glich dem eines höheren Wesens. Sie konnte kein Mensch sein, so schön wie sie war, so viel wie sie für Tim getan hatte.

Ein einzelnes Wort geisterte dem Jungen durch den Kopf. Er versuchte es zu fassen, es festzuhalten, um zu erfahren, worum es sich handelte. Doch immer wieder, wenn seine imaginären Finger sich um den Gedanken schlossen, verflüchtigte er sich zu Rauch und schwebte davon. Dann, ganz plötzlich, fiel es Tim wieder ein. *Engel*. Lina musste ein Engel sein. Und da kam ihm eine Idee für sein Gedicht.

Etwas brummte in seiner Hosentasche. Erstaunt und verwundert griff er nach dem vibrierenden Gerät. Als sein Handy aus den Tiefen der Tasche hervorkam, leuchteten seine Finger im weißen Licht des Displays, auf dem ein Foto erschienen war. Interessiert betrachtete Tim es. Lange blonde, golden scheinende Haare rahmten ein bildhübsches Gesicht, die blauen Augen stachen klar und schön hervor. Lina rief ihn an. Nichts Neues in letzter Zeit, wo sich ihre Bekanntschaft doch immer mehr intensiviert hatte. Mehrmals die Woche trafen sie sich, um Schularbeiten zu erledigen oder einfach um zusammen abzuhängen. Häufig waren sie bei Lina zu Hause, um die letzten Tage des Sommers und die restlichen warmen Strahlen der Sonne auf dem Balkon auszukosten. Mehr als einmal musste

Tim Lina den verspannten Nacken massieren, irgendwie schien sie daran Gefallen zu finden. Und auch ihm machte es von Mal zu Mal mehr Spaß mit seinen Fingern über ihre zarte Haut zu fahren, die verkrampften Muskeln zu erspüren und zu lösen. Teilweise gingen Lina dabei wohlige Schauer durch den Körper, nicht selten hatte sich unter seinen Händen eine Gänsehaut gebildet. Der Dank dafür kam stets direkt nach der Behandlung. Meistens bot sie ihm etwas zu Essen an, teilweise selbstgemacht und äußerst lecker, teilweise umarmte sie ihn auch und flüsterte nur dankende Worte in sein Ohr.

Dabei hätte sie sich all die Mühen gar nicht machen müssen, Tim war es schon Geschenk genug, in Linas Nähe sein zu können und endlich eine Freundin zu haben, mit der man über alles reden konnte.

Problematisch wurden ihre Treffen nur dann, wenn Tims Mutter früher als geplant nach Hause kam. Aus Angst vor weiteren Wutausbrüchen ihrerseits fühlte Tim sich wohler, wenn sie nicht bei ihm einkehrten.

Aber auch wenn er abends von Lina zurückkehrte, gab es häufig Stress und laute Auseinandersetzungen, wenn seine Mutter bereits wiedergekommen war. Immer drehten sie sich um dasselbe Thema, dass er ihre Autorität nicht akzeptieren würde, dass seine Mutter seine alleinige Wohltäterin sei und er ihr deshalb Respekt und Gehorsam schulden würde. Sie erwartete von ihrem Sohn, dass er abends, wenn sie heim kam, brav in seinem Zimmer hockte und lernte.

Ein unverständliches Wesen, seine Mutter. Wahrscheinlich wuchs ihr langsam ihre Arbeit über den Kopf. Sie tat zu viel und den ganzen Tag über stauten sich Stress und Aggressionen an, die sie dann abends am leichtesten Ventil, bei ihrem Sohn, ablassen konnte.

Doch so verschlossen und einsam, wie Tim sich in der ersten Zeit gefühlt hatte, war er gar nicht mehr. Mit Lina als Freundin hatte sich etwas geändert. Langsam aber beständig begann Tim wieder an sich selbst zu glauben, hatte Vertrauen in seine Fähigkeiten. Seine neue Freundin ermutigte ihn immerzu, in jeder Situation, zu jeder Zeit, immer, wenn sie sich trafen. Das neue Selbstbewusstsein hatte auch schon Tims Mutter zu spüren bekommen, eines Abends, als Tim relativ spät ins Haus zurückgekommen war. Er hatte versucht, sich leise und unbemerkt in sein Zimmer zu schleichen, aber seine Mutter hatte ihn auf dem Flur abgefangen und war in wüsten Tobsuchtanfällen aufgegangen. „Was fällt dir ein, um diese Uhrzeit nach Hause zu kommen? Weißt du eigentlich wie spät es ist? Und dann auch noch, ohne dich abzumelden! Weißt du wie teuer es gewesen wäre, wenn ich die Polizei nach dir ausgeschickt hätte?"

Die seit vielen Tagen aufgestaute Wut, zusammengemischt mit seiner neuen Portion Selbstvertrauen hatten die Gefühle in Tim überkochen lassen. Erst hatte er sich noch zusammenreißen können und hatte nur ein fast unverständliches „hättest du nicht" gemurmelt, doch die Ohren seiner Mutter waren noch besser als er es angenommen hatte.

„Wie war das?", hatte sie ihn angeschrien, das Gesicht zu einer monströsen Grimasse verzerrt, während die Adern auf Stirn und Hals bedrohlich hervorgetreten waren. Etwas standfester und selbstbewusster hatte Tim seinen bis dahin gesenkt gehaltenen Kopf gehoben, seiner Mutter mit festem Blick in die Augen geschaut und seine Worte wiederholt. „Hättest du nicht. Du hättest meinetwegen nicht die Polizei verständigt. Dafür bin ich dir nicht wichtig genug."

Einen Moment lang hatte gespenstische Stille im Flur geherrscht. Als seiner Mutter die Bedeutung seiner Worte klar geworden war, gab es für Tim nur einen winzigen Moment, um die herannahende Konfrontation der Hand seiner Mutter mit seiner linken Gesichtshälfte zu vermeiden. Blitzschnell hatte er sich unter ihrem Arm hinweg geduckt und war in sein Zimmer verschwunden, ohne einen Blick zurückzuwerfen.

Seitdem wurde Tim wie Luft behandelt, was ihm eigentlich sogar entgegen kam, denn nun konnte er das tun, worauf er Lust hatte, ohne mit wütenden Reaktionen seiner Mutter zu rechnen.

Dies alles schoss Tim durch den Kopf, als er Linas Bild auf seinem Handy ansah. Schnell drückten seine Finger auf den grünen Button und er nahm das Gespräch an.

„Hey Tim, alles klar? Ich hoffe ich störe grade nicht, ich…"

„Nein, tust du überhaupt nicht. Es freut mich, wenn du dich meldest, das weißt du doch."

„Super, das finde ich toll. Ähm, warum ich anrufe. Hättest du vielleicht Lust, nachher mit mir an den See zu fahren? Heute soll einer der letzten wirklich warmen Tage in diesem Jahr werden, und da habe ich mir gedacht, warum gehen wir nicht mal zusammen schwimmen."

„Super Idee!", antwortete Tim. „Wann soll ich fertig sein, und wo ist das überhaupt?"

„Ich hole dich in einer Stunde ab", klang es von der anderen Seite des Telefons. „Vergiss die Badeshorts nicht, wenn du nicht nackt baden gehen willst", fügte sie amüsiert hinzu, dann erklang das Zeichen, dass der Partner das Gespräch beendet hatte.

Eine Stunde später fiel die Haustür geräuscharm hinter Tim ins Schloss. Nachdem er sein Fahrrad geholt hatte, wartete er an der nächsten Straßenecke auf Lina.

Ein paar Minuten später kam sie auf ihrem Rad angerollt, das Lächeln wie immer über das gesamte Gesicht verteilt. Sie trug ein weißes Sommerkleid welches, hauchfein gewebt, an den Beinen fröhlich umher wehte. Sie blieb nicht stehen, zwinkerte ihm nur zu, als sie vorbeifuhr und drehte sich erst zwanzig Meter weiter zu ihm um und rief: „Wo bleibst du denn?"

Eine knappe Viertelstunde fuhren die zwei durch einen kleinen Wald, wobei die Sonne durch die Löcher im Blätterdach goldene Strahlen auf den Waldboden sandte, in denen jedes Staubkorn wie ein Diamant glänzte. Als Lina durch so eine Säule aus Licht fuhr, war ihr gesamter Körper kurzzeitig von einer Aura strahlenden Lichtes umgeben. Die im Fahrtwind seicht fliegenden Haare vervollkommneten Tims Meinung, dass Lina in diesem Moment kein Mensch, sondern ein höheres Wesen sein musste, das geschickt worden war, um seinem Herz den Weg aus der Trauer zum Glück zu weisen.

So schnell der Moment gekommen war, war er auch schon wieder verflogen. Haften blieb nur das Bild eines Engels mit goldenen Haaren, der ihm auf dem Fahrrad vorausfuhr.

Dann wurde Lina plötzlich langsamer, das Blätterdach lichtete sich und schließlich fuhren sie auf einen kleinen natürlichen Strand zu. Der Sand war nicht so feinkörnig wie am Meer, aber dennoch nicht zu scharf und spitz um sich daran die Füße aufzuschneiden. Hinter dem Strand blitzte das Wasser glänzend auf, die sanften Wellen warfen immer neue Lichtspiegelungen zu Tim und Lina herüber. Lina grinste Tim an. Ein einzelner Schweißtropfen rann ihr über die Schläfe. Wenige Haare klebten an ihren Wangen. Anscheinend war ihr genauso heiß wie Tim sich fühlte.

„Wie wäre es mit einer Abkühlung?", schlug er vor. Auch seinen Mund zierte nun ein Lächeln.

Barfuß schlenderten die beiden nebeneinander Richtung Ufer. Tim trug schon seitdem sie losgefahren waren seine Badeshorts, die wie eine normale kurze Hose aussah. Die Brust war von einem hellen Leinenhemd verborgen, ein luftiges Kleidungsstück, welches die Wärme besonders gut nach außen ableitete und so gefertigt worden war, dass der Wind immer hindurch wehen und so eine kühle Erfrischung bieten konnte. Lina in ihrem Sommerkleid wirkte genauso frisch und modisch gekleidet wie Tim, doch bestach sie außerdem mit ihrem wunderschönen Äußeren, den langen goldgelben Haaren und den bezaubernden Augen.

Der Schock, der ihnen durch die Glieder fuhr, als sie die Füße ins kalte Nass eintauchten, kam überraschend und war doch genug, um die beiden mit einem Schlag wieder munter werden und den anstrengenden Hinweg vergessen zu lassen.

Schritt für Schritt tasteten sie sich weiter vor. Mit jedem Meter, den sie sich vom Ufer entfernten, stieg das Wasser an ihren Beinen höher. Als es kurz vor dem Saum von Linas Kleid stand, drehte sich Tim, der mittlerweile einige Schritte vor Lina lag, zu ihr um und blieb stehen. „Schon kalt, oder?", fragte er, während sie eine Armlänge von Tim entfernt zum Stehen kam. „Und du meinst wirklich, hier kann man schwimmen?"

„Aber klar", entgegnete Lina. „Früher bin ich hier oft hergekommen, mit meinem … ich meine, mit meinen Freunden. Es ist hier einfach schön und so ruhig, weil fast keiner diesen Ort kennt. Findest du nicht?" Fragend beäugte sie ihn. Als Tim nur grinste, jedoch kein Wort herausbrachte, begann sie, mit ihrem Finger nach seinem Bauch zu stechen. „Hallo, du sollst mir antworten!", lachte sie und drängte ihn ein paar Schritte zurück. Tim blieb stehen und wartete, bis Lina an ihn herangekommen war. Dann, blitzschnell, griff er nach ihren Händen und sah Lina in die Augen. Ihm fiel auf, dass sie fast dieselbe Farbe wie das Wasser im See hatten, so schön blau und klar. Einen Moment verharrte Tim so, dann öffnete er den Mund und zwinkerte Lina zu. „Doch, das hier ist ein ganz wundervoller Ort. Aber alleine an so einem schönen Ort zu sein ist nur halb so schön." Verlegen löste er den Blick von ihren Augen. Wie sollte er jetzt ausdrücken, was er für dieses Mädchen fühlte, welche Dankbarkeit, dass sie ihm begegnet war, dass sie ihn wieder aufgebaut hatte, aus den Trümmern seiner Seele ein neues Schloss gebaut, indem es sich viel besser leben ließ. Ihre Hände immer noch in den seinen, verlagerte er das Gewicht von einem Bein auf das Andere. Dann fuhr ihm ein stichartiger Schmerz in den Fuß und Tim hob das Bein. Leider hatte er auch mit dem anderen Fuß keinen festen Stand und so glitt er aus. Tim merkte, wie sich seine Füße nach vorne verabschiedeten und sein Oberkörper hinten überkippte. Reflexartig und ohne nachzudenken griff er nach den Dingern in seiner Hand, etwas, was ihn vielleicht vor dem drohenden Sturz bewahren konnte. Einen Moment lang sah er in Linas Augen und spürte das Erstaunen in ihrem Blick. Gleichzeitig fühlte Tim, wie auch nach seinen Händen gegriffen wurde. Es schien ihm, als würde dieser Moment nicht wie alle anderen vorbeirasen, sondern im Schneckentempo vorbeikriechen. Langsam, so kam es Tim vor, kippte nun auch Lina in seine Richtung und ihr Blick wandelte sich von Erstaunen in Erkenntnis.

Dann folgte der Aufprall und eine Woge eisigen Wassers brandete über den beiden zusammen. Komplett unter Wasser und mit einem Gewicht auf der Brust wusste Tim nicht, was er tun sollte und hielt die Augen geschlossen. Als sich das Gewicht von seinem Oberkörper löste, richtete er sich auf und kam hustend und prustend an die Oberfläche. Nicht einmal hüfthoch stand das Wasser an dieser Stelle, doch die Überraschung hatte ihn Anderes annehmen lassen. Vor ihm stand eine triefende Lina, immer noch mit goldenen, wenn auch nassen Haaren, die blauen Augen amüsiert auf sein Gesicht geheftet. „Siehst du, vom Baden stirbst du schon nicht" sagte sie fröhlich. „Das war doch erfrischend, oder?"

Als Tim ihr eine Antwort schuldig blieb und sein Blick an ihr herunter wanderte, folgte sie ihm und hielt verblüfft inne. Das weiße Kleid, das sie getragen hatte, hing immer noch an ihrem Körper. Jedoch hatte sich die Farbe so geändert, besser gesagt sie war soweit verschwunden, dass man problemlos ihren gesamten Körper sehen konnte. Einzig der schwarze Bikini verhinderte die vollkommene Zurschaustellung.

Sie hob den Blick und musterte Tim, dem das, was gerade passiert war, extrem peinlich war. Er wandte sich ab, doch konnte er nicht verbergen, dass sein ganzes Gesicht rot angelaufen war. Lina beschloss, ihn zum Spaß noch ein bisschen aufzuziehen. „Na toll", rief sie mit gespielter Empörung. „Wie soll ich denn jetzt nach Hause kommen? Im Bikini kann ich ja wohl schlecht Fahrrad fahren oder?" Schnell wandte sie sich ab und ging in Richtung Strand zurück, damit Tim ihr breites Grinsen nicht sehen konnte.

Fast erwartete Lina, dass Tim dort im Wasser wie ein begossener Pudel Wurzeln schlagen würde, doch dann hörte sie plantschende Schritte hinter sich und erinnerte sich, dass Tim sich verändert hatte. Selbstbewusster, offener, positiver. „Lina, warte! Es tut mir leid." Am Strand angekommen, fasste sie ihr Kleid am Saum und zog es in einer fließenden Bewegung über den Kopf. Dann hängte sie es über einen nahen Busch zum Trocknen und breitete ihr Handtuch aus. Auf der Seite liegend versuchte sie, Tim nicht zu beachten, der ihr aus dem Wasser hinterher geeilt kam. Doch das breite Grinsen wollte nicht mehr von ihrem Gesicht verschwinden. Als sein Handtuch neben ihrem auf die Erde sank und er sich, dem Hemd entledigt, ihr gegenüber sinken ließ, versuchte Tim es erneut. „Lina ich… Es tut mir lei…", dann sah er das breite Grinsen auf ihrem Gesicht und seine Züge wandelten sich von Verzweiflung in Amüsiertheit. Lina begann zu lachen und Tim stimmte mit ein. Sie lachten um die Wette, keiner konnte aufhören. Immer, wenn sie dachten, sich gerade beruhigen zu können, sahen sie sich an und prusteten von Neuem los.

Nach und nach trocknete die Sonne die nassen Körper. Wassertropfen schlossen sich zusammen, bildeten Rinnsale und rannen über Bauch und Rücken hinab, nur um dann von Sand und Handtuch aufgefangen zu werden. Diejenigen, die keine Partner fanden, lösten sich langsam auf und verdunsteten in der Wärme der Körper. Nasser Sand klumpte zusammen, wurde gemächlich heller, bis er trocken von Füßen und Beinen abfiel.

Lina lag mit dem Rücken zu Tim, der sie beobachtete. Langsam tasteten seine Augen sich vom Kopf vorwärts. Die blonden Haare trug Lina jetzt als Schweif gebunden, in mehreren Strähnen fielen sie hinter dem Haargummi auseinander. Darunter kamen, teilweise noch durch einige Haare verdeckt, Linas Schultern zum Vorschein. Sie hatte kein breites Kreuz, eher schmale Schultern. Lina hatte kein Gramm zu viel auf den Rippen, wirkte aber trotzdem nicht untergewichtig. Nach Tims Ansicht genau richtig, körperlich die Maße seiner Traumfrau. Unterhalb der Hüften begann das schwarze Unterteil des Bikinis welches sich eng aber bestimmt an die zu verdeckenden Körperteile anschmiegte. Darunter setzten die Beine an, lang, schmal und ohne jeden Makel. In ihrer reinen, leicht gebräunten Haut räkelte sich Lina in der Sonne.

Was wäre, wenn sie wirklich seine feste Freundin wäre, dachte Tim. Wie musste es sich anfühlen, wenn sie sich küssten? Wie würde es sein, sie im Arm zu halten, ihr seine Gefühle zu gestehen und das Gleiche von Lina zu hören?

Lina drehte sich auf ihre andere Seite und wandte Tim ihr hübsches Gesicht zu. „Guckst du mich die ganze Zeit schon an?", neckte sie ihn.

„Ne-nein, ich habe nur…", entgegnete Tim, leicht verärgert, dass Lina ihm so schnell auf die Schliche gekommen war. „Schon ok" grinste sie „ich wollte dich nur ein bisschen ärgern. Wie schnell man dich noch immer verunsichern kann. Dass so ein einfacher Spruch dich schon dermaßen aus dem Takt bringen kann, finde ich irgendwie total süß."

Dann schaute sie auf die Uhr, die sie als einziges weiteres Accessoire neben ihrem Bikini am Körper trug. „Oh, Mist, schon so spät!" Schnell rappelte sich Lina auf und schlenderte zu ihrem Kleid hinüber. Als sie es hochhob, ließ Lina enttäuscht die Schultern hängen. „Es ist immer noch ganz nass, das kann ich nicht anziehen." Sie wollte sich zu Tim umdrehen, doch dieser war ihr schon hinterher geeilt und hielt ein Bündel Stoff in der Hand. „Ich weiß nicht ob du das willst, aber wenn es dir nichts ausmacht könntest du mein zweites Hemd anziehen. Ich habe es extra eingepackt, falls meines nass oder dreckig wird. Hätte ich gewusst, dass du etwas zum Wechseln brauchen würdest, hätte ich natürlich auch das mitgenommen." Zwinkernd warf Tim ihr das Hemd zu, sie fing es dankend auf und schlüpfte hinein. An den Schultern war es viel zu breit und auch etwas zu lang, aber es war besser als bloß im Bikini durch die Gegend zu fahren. Glücklich packten sie ihre restlichen Sachen zusammen und brachten sie zu den Rädern. Dann warfen die beiden einen letzten Blick auf den versteckten See mit seinem blau glitzernden Wasser, in dem sich die langsam versinkende Sonne andeutungsweise spiegelte.

Zu Hause angekommen ging Tim duschen. Als er unter dem sanft massierenden Strahl aus Wasser stand und sich die Kabine mit dichtem Nebel gefüllt hatte, betrachtete Tim seinen Fuß, der zum Auslöser dieser ganzen peinlichen und verzwickten Situation geworden war. In der Fußsohle klaffte ein kleiner Schnitt, der sich schon wieder durch eine braune dünne Kruste verschlossen hatte. Irgendwie war es schon komisch, wie so ein kleiner Stein zur alles weitere auslösenden Ursache emporsteigen konnte. Ein Tritt auf einen spitzen Stein, ein kleiner Riss in der Haut, dann der unkontrollierte Ausrutscher, das verzweifelte Suchen nach Halt, dann eine Sekunde des Halts. Für einen Moment sicher an Linas Arm geklammert, dann die Verschiebung des Schwerpunktes und der Fall ins eiskalte Wasser.

Die Erfrischung war nicht das eigentlich Schlimme gewesen. Viel schwerer hatte es gewogen, dass Linas schönes Kleid vollkommen durchnässt nicht länger ihren wunderschönen Körper hatte verbergen können. Doch wenn Tim es sich recht überlegte, war diese Tatsache zumindest für ihn eher erfreulich gewesen. Anscheinend hatte seine Tollpatschigkeit auch Lina nicht weiter gestört, doch Tim war es, zu Recht wie er fand, extrem peinlich gewesen.

Mit der rechten Hand beendete er den Wasserfluss und griff mit der anderen nach seinem Handtuch, hüllte sich darin ein und öffnete die Tür. Weißliche Schwaden waberten an Tim vorbei und schlängelten sich durch die Luft an Spiegel und Fenster, sodass ihm der Blick in sein Spiegelbild vernebelt wurde.

Wie gut, dass er ein zweites Hemd dabeigehabt hatte. Zu aller Vorsicht hatte Tim es eingepackt, eigentlich eher daran denkend, dass es als Ersatz für ihn selbst dienen könnte. Doch es war besser gewesen es Lina anzubieten, da sie sonst ohne jegliche Kleidungsstücke im Bikini hätte nach Hause fahren müssen.

Dasselbe Hemd hatte Tim getragen, als er das Gedicht über seine „wichtige Person" geschrieben hatte. Wie lange er auf dem Stuhl gesessen und überlegt hatte, was er schreiben, wie seinen Dank und all die Gefühle in Worte fassen sollte. Als er schließlich fertig gewesen war und sich sein Werk mehrfach durchgelesen hatte, war Tim zu dem Schluss gekommen, dass es zwar ein ganz passables Gedicht war, jedoch keinesfalls dazu bestimmt, von anderen, geschweige denn von Lina, gelesen zu werden. Zur Sicherheit hatte Tim das Blatt gefaltet in seiner Hemdtasche verstaut…

Dann traf ihn der Schlag. Der Zettel steckte immer noch in der Hemdtasche, war somit bei Lina. So, wie er ihn geschrieben hatte. Die Tränen, die die Schrift an einigen Stellen leicht verwischt hatten, mussten immer noch zu erkennen sein, ein Ausdruck der Tiefe seiner Gefühle, die ihn zu diesem Gedicht veranlasst hatten.

Vor Schreck ließ Tim das Handtuch los. Es fiel auf den Boden und legte sich als Ring um den Jungen herum. Tim fühlte sich entblößt, gefangen, ohne Möglichkeit irgendetwas gegen die Offenbarung zu unternehmen. Panisch blickte er um sich, sein Blick wanderte hektisch im Raum umher.

Vom Spiegel perlte das kondensierte Wasser langsam herab. Auf Augenhöhe war bereits eine kleine
Fläche, frei von jeglichem Wasser, entstanden. In ihr
spiegelte sich das verzweifelte Gesicht eines hilflosen
Jungen, eines Menschen, der glaubte, gerade vieles
zurückgewonnen zu haben, nur, damit es ihm durch
einen dummen Fehler wieder entrissen werden
konnte.

Auch Lina war im Badezimmer. Jedoch stand sie
nicht wie Tim unter der Dusche, sondern hatte sich ein
Bad eingelassen. Geduldig wartete sie, bis das Wasser
die gewünschte Höhe und Temperatur erreicht hatte.
Dann knöpfte sie das von Tim geliehene Hemd auf
und ließ es zu Boden gleiten. Sie entledigte sich auch
des Restes ihrer Kleidung und stieg in die wohl rie-
chende Badewanne. Als das warme Wasser ihre Beine
und den Bauch umspülte, seufzte sie leise und schloss
für einen Moment die Augen. Als sie die Augen wieder öffnete, ließ Lina sie im Raum umherwandern. Alles war gewöhnlich, nichts bis auf den kleinen Haufen
an Klamotten deutete darauf hin, dass jemand hier
war. Dort verweilten ihre Augen und sie sah genauer
hin. Inmitten von Ärmeln und Knöpfen lugte eine
weiße Ecke hervor, etwas, das überhaupt nicht zum
Muster des Hemdes passte. Neugierig beugte Lina
sich über den Rand der Badewanne und streckte den
Arm nach dem weißen Etwas aus. Kleine Tropfen
flossen in kurvigen Bahnen ihren Arm hinab und hin-

terließen auf dem Boden eine Spur aus feuchten Flecken. Die Finger schlossen sich um das weiße Ding, welches sich als ein Stück Papier herausstellte. Vorsichtig trocknete Lina ihre Hände um das, was auf dem Zettel stehen mochte, nicht zu verwischen. Behutsam entfaltete Lina das Papier. Zum Vorschein kam die eindeutige Schrift eines Jungen, wahrscheinlich Tims. Sie war nicht hässlich, aber auch nicht so schön wie die eines Mädchens, doch man erkannte, dass sich der Autor dieser Nachricht Mühe mit dem Verfassen gemacht haben musste und dass es keine auf die Schnelle hingeschmierte Nachricht oder Information sein konnte.

Neugierig begann Lina zu lesen. Über dem eigentlichen Text stand klein in einer Ecke, dass es sich um die Hausaufgabe handelte, bei der jeder über eine Person die ihm oder ihr wichtig war, ein Gedicht hatte schreiben sollen. Einen winzigen Moment fragte sich Lina, ob sie weiterlesen sollte, da sie sich erinnerte, dass Tim gesagt hatte, er habe die Aufgabe nicht gemacht. Doch dieser Widerspruch beflügelte Lina darin, wissen zu wollen, was auf dem Zettel geschrieben stand, und so begann sie zu lesen:

Nichts, bloß Schmerzen
Unerträglich
Ein schwarzes Loch im Herzen
Ein Leben, erbärmlich, kläglich.

Wie soll ich weitergehn

Auf meinem Weg im Leben
Wenn die Liebe verschwindet
Und nichts wird mehr gegeben.

Überraschend ein Moment erscheint
Der alles richten kann
Durch Schleiertränen sah ich stark verschwommen
Einen Engel puren Lebens dann
Ein Mädchen, das Schönste auf Erden.

Sie nahm mich an die Hand
Führte mich zurück ins Lebensland
Zeigte mir erneut
Was fühlen heißt, was Sein bedeut'.

In tiefem Dank ich ihr verfallen
Dem Engel der Liebe
Retterin der Lebensfreud.

Nachdem sie die letzte Zeile beendet hatte, legte Lina den Zettel neben sich auf den Rand der Wanne. Ihre Augen glänzten feucht, sie hatte einen Kloß im Hals. Eine einzelne Träne bahnte sich den Weg aus ihren Augenwinkeln. Langsam tastete sie sich an Linas Wange hinab und hinterließ eine schimmernde Spur auf ihrem Gesicht. Zittrige Finger beendeten schließlich die klägliche Existenz dieses einzelnen kleinen Wesens. Ohne Protest verschwand es, als die Fingerkuppen über das Gesicht strichen. Keine Geste des Protestes war zu sehen, kein Wort der Enttäuschung. Die eine Träne blieb alleine, keine weitere folgte der frisch gelegten Spur.

In der Umkleide

So wie sich die Dinge momentan entwickelten, sah
Tim keinen Grund sich zu beklagen: Er saß, in Begleitung von Lina in einem Café in der Stadt und zog genüsslich an dem Strohhalm seines Milchshakes. Tim
streckte seine Hand nach einem der Kekse aus die
mittig zwischen Lina und ihm auf einem Teller lagen.
Sie schmeckten einfach nur gut und waren als kleiner
Snack für zwischendurch kaum zu überbieten. Langsam schmolzen die Schokoladensplitter auf seiner
Zunge und die flüssige Creme rann genüsslich seine
Kehle hinab.

Vielleicht war ja doch etwas an dem Spruch
„Schokolade macht glücklich" dran, denn gerade
fühlte sich Tim extrem gut gelaunt. In letzter Zeit kam
das öfter vor, hauptsächlich jedoch dann, wenn er in
weiblicher Begleitung war. Um genau zu sein, war es
die Nähe zu einer ganz bestimmten weiblichen Person, die seine euphorische Stimmung verursachte.

Seit seinem kleinen „Unfall" am See hatten sie
sich fast täglich getroffen und etwas miteinander un-
ternommen. Egal ob Schwimmbad oder Picknick, keiner der beiden hatte eine Gelegenheit ausgelassen, den
anderen zu sehen.

Wenn man wollte, dachte sich Tim, könnte man
sie schon irgendwie als beste Freunde bezeichnen.

Soweit er wusste, hatten sie keine Geheimnisse
vor einander und redeten offen über alles, was zur
Sprache kam. Das Einzige, was ihn manchmal kurz

ins Grübeln brachte war, dass Lina nicht viel von ihren anderen Freunden erzählte. Er wusste, dass es et-
liche gab, mit denen Lina sich gut verstand und auch
Dinge unternahm, aber, den Eindruck hatte er zumindest, war Tim zur absoluten Priorität geworden.

„Du, sag mal", weckte Lina ihn aus seinen Überlegungen „wie war das eigentlich früher bei dir? Ich
meine, hattest du viele Freunde?"

Tim überlegte einen Moment, dann antwortete er:
„Hm, ja, eigentlich schon. Im Sommer haben wir uns
oft getroffen und etwas zusammen gemacht. Im Winter etwas weniger, weil man da nicht so gut raus gehen
konnte. Wir waren damals zu fünft, zwei Jungen und
drei Mädchen."

Sein Blick änderte sich bei den letzten Worten und
zeigte einen Hauch von Melancholie und Traurigkeit.

„Und habt ihr noch Kontakt zueinander?", wollte
Lina wissen. Die fragenden Augen erwarteten eine
Antwort, doch als diese auf sich warten ließ, griff Lina
nach Tims Hand und begann an seinen Fingern her-
umzuspielen. Endlich entgegnete Tim: „Nein, leider
nicht. Meine Mutter hat alle Verbindungen zu meinen
alten Kontakten gekappt und mich von ihnen getrennt."

„Würdest du sie denn gerne wiedersehen?", erkundigte sie sich weiter. „Natürlich! Ich hatte ja nicht einmal Zeit, mich wirklich von ihnen zu verabschieden."

Seine letzten Worte blieben im Raum hängen und
breiteten einen Mantel des Schweigens über das
Thema. Wahrscheinlich wollte Lina nicht weiter

nachbohren, weil sie Angst hatte, bei Tim die frisch verheilten Wunden wieder aufzubrechen.

Nach einer kurzen Pause, in der keiner der Beiden etwas sagte, trafen sie still die Übereinkunft zu zahlen und das Café zu verlassen. Als Tim und Lina schließlich aus der Tür auf die Straße hinaustraten, brach auch die Schwelle des Schweigens und sie begannen wieder sich zu unterhalten, als ob nichts gewesen wäre.

Der Grund warum sie heute zu zweit in der Stadt umher bummelten, war der bald anstehende Abschlussball ihres Tanzkurses.

Die Zeit war so schnell verflogen. Bevor weder Tim noch Lina es richtig begriffen hatten, war schon die letzte Stunde vor dem großen Ball gekommen. Da Tim überhaupt nicht gewusst hatte, was auf ihn warten würde, hatte er sich auch nicht vorbereiten können und noch keine Zeit gehabt, ein passendes Outfit für sich auszusuchen.

Ein Abschlussball war ein „festlicher Anlass", wie es ihr Tanzlehrer gerne genannt hatte, zu dem „jeder Junge einen Anzug mit Hemd und Krawatte zu tragen hatte."

Wollte man besonders gut aussehen, schickte es sich für den männlichen Tanzpartner außerdem die Krawatte farblich gleich zum Kleid der Partnerin zu wählen. Dies alles hatte Tim während seiner letzten Tanzstunde erfahren und nun blieb nur noch wenig Zeit, ein passendes Outfit zusammenzustellen.

Deswegen war er mit Lina hier. Sie wusste, welche Farbe ihr Kleid haben würde und außerdem traute Tim ihr durchaus zu, dass sie ihn bei der Wahl seines Dresses gut beraten würde.

Bisher jedoch hatte die Suche keinen Erfolg gebracht. Tim und Lina waren von einem Geschäft ins Nächste gepilgert ohne etwas Passendes zu finden. Seine große und schlanke Statur vereinfachte die Suche nicht gerade, die meisten Anzüge und Hemden waren entweder zu kurz oder zu breit und saßen an den Schultern nicht passend. Nach der stundenlangen Suche war schließlich nur noch ein Kaufhaus übrig geblieben.

In der Herrenmode-Abteilung angekommen teilten sie die Suche auf: Lina suchte nach akzeptabler Mode und reichte sie Tim in die Umkleidekabine, wo dieser sie dann anprobierte und in den meisten Fällen direkt wieder aussortierte.

Nur dem Zufall war es zu verdanken, dass Tim nach einer weiteren halben Stunde erfolglosen Anprobierens plötzlich inmitten eines eng geschnittenen Hemdes innehielt und sich im Spiegel musterte.

Zu seiner großen Überraschung spannte es um die Brust herum und auch die Schultern waren ihm etwas zu eng.

„Meinst du, du findest das hier auch in einer Nummer größer?", fragte er und hielt Lina das Hemd aus der Kabine.

„Moment", entgegnete sie und verschwand kurz um nach dem Hemd zu suchen. Tim musterte sich im Spiegel. Er sah einen Jungen großer Statur der ihm in Nichts außer seinen grünblau karierten Boxershorts gegenüberstand. Durch das ständige An- und Ausziehen hatte sich ein dünner Schweißfilm auf seiner Haut gebildet und diese somit im künstlichen Licht der Kabine leicht zum Glänzen gebracht. Um sich zu entspannen, schloss Tim für einen kurzen Moment die Augen. Er spürte die Anspannung seiner Muskeln, zum Teil schmerzten sie aufgrund der monotonen Aufgaben bereits.

In diesem Augenblick fuhr ein sanfter Luftzug durch die Kabine, dann war alles wieder wie zuvor. Etwas kitzelte Tims Rücken und er schlug die Augen auf. Dann bemerkte er, wie stoßweise warme Luft auf seine Schultern traf. Langsam drehte er sich um. Vor ihm stand Lina. In der einen Hand hielt sie das Hemd, doch im nächsten Moment schon legte sie es zur Seite. Die andere Hand wanderte durch die Luft und kam vor seinem Gesicht zum Stehen, wo sich der Zeigefinger als Aufforderung zum Schweigen auf Tims Lippen legte.

Kurz standen sich Tim und Lina reglos gegenüber. Auch Lina war die Anstrengung der vergangenen Stunden anzusehen. Auf ihrer Stirn hatten sich kleine Perlen gebildet. Ihr Atem ging schwerer als sonst, Lina sog die Luft tiefer als gewöhnlich ein. Langsam strömte dann der Atem wieder aus ihr heraus. Bewegungslos stand sie vor ihm, die blonden Haare fielen wie Sonnenstrahlen über ihre Schultern.

Linas Mund zeigte ein sanftes scheues aber beständiges Lächeln, welches ihm *hab keine Angst* zuzuflüstern schien. Nur die Augen waren anders als sonst: Zu dem verspielten, fröhlichen, offenen und herzlichen Ausdruck der normalerweise dort zu finden war, hatte sich noch etwas Anderes hinzugesellt. Tim wusste es nicht wirklich zu deuten, aber es schien ihm, als zeigten Linas Augen eine Abwesenheit und Verklärtheit, die ihm vorher noch nie aufgefallen war. Dann löste sich Linas freie Hand aus der Starre:

Die Finger zusammengelegt, führte Lina ihren Arm zu Tims Hals und legte die Hand am Ansatz zu seiner Brust ab. Nervös wanderten Tims Augen hin und her, verwirrt von dem, was sich gerade ereignete. Als die Fingerspitzen seine Haut berührten, spürte Tim, wie ihm allmählich wärmer wurde. Seine Schweißdrüsen erhöhten die Produktion und an seinem Rücken lief ein einzelner Tropfen hinab, geführt vom Verlauf der Vertiefungen zwischen seinen Muskeln. Dann machte sich einer seiner Brustmuskeln selbstständig und begann nervös unter ihren Fingern zu zucken, doch Lina schien, als habe sie nichts bemerkt. Nun glitten ihre Finger langsam in großen Bögen hinab, umspielten seine Brustmuskeln, wanderten dann weiter zu seinen Rippen. Ihre Finger fuhren jeden einzelnen der Bögen, die leicht unter seiner Haut zu sehen waren, nach. Als Spuren bildete sich dort, wo Linas Finger entlang zogen eine Gänsehaut. Kreisförmig breiteten sie sich aus und bedeckte schnell seinen gesamten Oberkörper.

Während sich die Finger abwärts bewegten, wurde Tim heiß und kalt zugleich. Einerseits fühlte er eine Kälte in sich, die alle seine Glieder erstarren ließ und es Tim nicht erlaubte, sich zu bewegen. Auf der anderen Seite schickte die Hand von überall, wo sie ihn berührte, warme Schauer zu Tim, die ihm wohlig über den Rücken liefen.

Schmetterlinge und alle möglichen Wesen erwachten in seinem Bauch und spielten verrückt. Dieses Mädchen schickte seine Gefühle und ihn selbst auf eine Achterbahnfahrt, auf eine Raftingtour in einem wilden Fluss ohne Anfang und ohne Ende. Immer tiefer versank Tim in den Fluten seiner Emotionen und ein leichtes Zittern ging durch seinen Körper.

Schließlich kamen Linas Hand, nachdem sie bewundernd jeden seiner Bauchmuskeln umspielt hatte am Bund von Tims Boxershorts an. Nervös fragte sich Tim, was nun als Nächstes kommen würde. Würde Linas Hand noch tiefer hinabtauchen, könnte er sich blamieren, wer wusste schon was sie dort erwartete. Doch zu seinem Glück verweilten ihre Finger an der Stelle, wo seine Boxershorts begannen. Langsam klärte sich Linas Blick und in ihren Augen blieb nichts außer der gewohnten Herzlichkeit und Offenheit.

Dann, als ob sie aus einem Traum erwacht wäre, schrak sie auf und blickte sich verwirrt um. Als sie bemerkte, wo ihre Hand lag, zog sie sie blitzschnell zurück. Ihr Blick hob sich und für einen kurzen Moment sahen sich die beiden direkt in die Augen. Linas Augen strahlten Reue und Scham aus. Etwas flackerte in ihnen und Tim meinte, außerdem auch ein leichtes

Glitzern und Angst wahrzunehmen. Als sie ihren Kopf ruckartig herumriss, unterbrach sie den Augenkontakt und rauschte fluchtartig aus der Kabine.

Tim, immer noch perplex und total verwirrt von dem, was gerade passiert war, stand reglos da und rührte sich nicht. Seine Gedanken schlugen noch Purzelbäume und er brauchte einige Minuten, um sie vollends zu ordnen und das Chaos aufzuräumen. Mit nun seinen eigenen Fingern fuhr er die Linien nach, die Linas zarte Hände gezeichnet hatten. Gleichzeitig brannte sich eine Frage in seinem Kopf fest. „War es möglich, dass auch sie mehr als Freundschaft für ihn empfand? Wäre das wirklich möglich?"

Da Tim momentan keine klare Antwort auf seine Frage bekommen konnte, entschloss er sich, das Hemd, das Lina ihm gebracht hatte, anzuprobieren. Es passte wie angegossen. Schnell warf sich Tim eine Hose über und begab sich zu den Anzügen. Dort hielt er nach der Bezeichnung *Slim* Ausschau und warf sich drei Verschiedene über den Arm. Der erste gefiel ihm am besten, dunkelblau mit feinen Nadelstreifen, die senkrecht vom Kragen bis zu den Füßen verliefen. Zu seinem Erstaunen passte der Anzug und Tim beschoss, dass es Zeitverschwendung wäre, wenn er auch die Anderen überprobieren würde. Als er schließlich aus der Kabine trat, hielt er Ausschau nach Lina. Er ging zur Kasse und bezahlte. Der Betrag, den er zu entrichten hatte, versetzte ihm einen Stich, denn Tim musste jeden Cent aus der eigenen Tasche bezahlen. Seine Mutter gab ihm monatlich sein knapp bemessenes Taschengeld, ansonsten gab es nichts, was sie zusätzlich für ihren Sohn bezahlt hätte. Da Tim nicht verschwenderisch war und nicht gewusst hatte, wofür er sein Taschengeld ausgeben sollte, hatte er gespart. Die eine Hälfte war dann für den Tanzkurs dahin geschmolzen, mit der anderen hatte er jetzt sein Outfit für den Abschlussball zu bezahlen.

Letztendlich blieben ihm nun noch 30 Euro, für die er eine anständige Krawatte finden musste. Glücklicherweise musste er keine Schuhe besorgen, denn für die Beerdigung seines Vaters hatte er sich bereits welche gekauft und, anders als der Rest seines Körpers wuchsen seine Füße seit einem knappen Jahr nicht mehr.

Für die Krawatte brauchte er jedoch Lina, denn sie hatte ihm nicht verraten wollen, welche Farbe ihr Kleid hatte. Er suchte im gesamten Kaufhaus, schaute in der Damen-, Kinder-, Dessous- und Bücherabteilung, doch konnte er sie nicht finden. Wahrscheinlich war ihr die Aktion dermaßen peinlich gewesen, dass sie direkt nach Hause gefahren war.

Als sich Tim damit abgefunden hatte, dass er sie nicht finden würde, ging er alleine zu den Krawatten und versuchte sich Lina vorzustellen, versuchte herauszufinden, welche Farbe ihr am besten stehen würde.

Doch egal wie stark Tim sich auch konzentrierte und versuchte, sich Lina in einem Ballkleid vorzustellen, glitten seine Gedanken immer wieder in die Kabine und ließen ihn bei dem Gefühl ihrer Finger auf seiner Haut erschauern. Als er schließlich eine Viertelstunde vergeblich versucht hatte, sie im Geiste in einem Kleid zu sehen, zog er sein Portemonnaie und nahm ein kleines Foto heraus. Es zeigte Lina in einem Fotoautomaten. Die beiden hatten den Automaten am Anfang des Tages am Bahnhof entdeckt und Lina hatte darauf bestanden, dass jeder einzeln sowie die beiden zusammen fotografiert wurden.

Mit dem Bild vor Augen war es einfacher, sich Lina in einem Kleid vorzustellen. Sein Blick fiel auf ihre blau blitzenden Augen und da wusste er, welche Farbe seine Krawatte haben sollte. Genau wie Linas Augen sollte sie blau sein und leicht schimmern. Die Farbe sollte jeden daran erinnern, dass blau die Farbe der Beruhigung und Entspannung war. In Tims Fall hatte Lina dafür gesorgt, die Wellen seines aufgewühlten Gemüts mal um mal zu glätten.

Weitere fünf Minuten suchte Tim nach einer passenden Krawatte. Dann, als er sie schließlich gefunden hatte, zahlte er schnell und ging, mit Tüten bepackt, aus dem Geschäft.

Dunkle Wolken hingen gigantischen Schiffen gleich über dem Himmel und bewegten sich nur minimal im sachten Wind. Tim beeilte sich, zum Bahnhof und unter eine Überdachung zu kommen, bevor die riesigen Dampfer ihre nasse Fracht löschen konnten. Als er durch die Türen des Bahnhofs schlüpfte, brach die Welt über ihm zusammen. Aus unzähligen Eimern ergoss sich Wasser auf die Erde, in der Halle ein steter Klang aufschlagender Tropfen auf dem Dach.

Von seiner Haltestelle aus eilte Tim im strömenden Regen nach Hause. Auf der Zielgeraden seiner Straße nahm der Wind zu und fuhr durch das dichte Geäst der Allee. Die Kronen der Bäume wogten im Wind und schüttelten die Tropfen von den Blättern. Tim, zwar vor normalem Regen geschützt, bekam stattdessen eine Ladung Blattwasser ab und war, nachdem alle Tropfen gefallen waren, von Kopf bis Fuß durchnässt.

Mit höchster Achtung schloss Tim die Tür auf und versuchte so leise wie möglich in sein Zimmer zu schleichen, um seiner Mutter nicht über den Weg zu laufen. Mit etwas Glück war sie auch noch nicht zu Hause und musste, wie so häufig, länger als geplant im Büro arbeiten. Als er sein Zimmer hinter sich verschloss, fiel ihm ein Stein vom Herzen. Der schwierigste Teil war geschafft und nur wenig konnte jetzt noch schief gehen. Er schlüpfte aus den nassen Klamotten und warf sie zum Trocknen über die Heizung. Wieder nur in Boxershorts ließ Tim sich auf dem Stuhl vor seinem Schreibtisch nieder und startete den Computer. Keine fünf Minuten später klingelte es durch die Lautsprecher. Auf dem Schirm erschien ein kleines Fenster das Tim darüber informierte, dass jemand ihn zum Videogespräch einlud. Er sah genauer hin und las: „Lini94 möchte ein Videogespräch mit Ihnen führen" Darunter konnte Tim wählen, ob er das Gespräch annehmen oder ablehnen wollte. Ohne nachzudenken drückte er auf annehmen und sah, wie Linas Bild in einem Fenster erschien. Dann wurde er sich bewusst, dass er fast nackt war und dass sie ihn besser so nicht vor dem Laptop sehen sollte. Ansonsten, so dachte Tim, könnte sie noch auf falsche Gedanken kommen was er machte, wenn er alleine war. Tim stieß seinen Stuhl zurück und stolperte rückwärts, verfing sich jedoch mit seinem Bein in einem Fuß des Stuhls. Der Länge nach schlug Tim hin, sein Kopf knallte mit einem deutlichen *pock* auf die Erde und ihm wurde kurz schwarz vor Augen. Als sich sein Sichtfeld klärte, spürte er den heißen Schmerz an der Stelle, wo sein Kopf aufgeschlagen war. Schnell warf er sich eine Jogginghose und ein T-Shirt über und humpelte zurück zu seinem Laptop. In dem Fenster reckte Lina sich nach vorne und versuchte, mehr als das ihr gezeigte Bild zu sehen. Glücklicherweise hat sie meinen Sturz nicht gesehen, dachte Tim. „Tim, alles klar? Geht's dir gut? Was war das für ein Knall?", drang ihre Stimme besorgt aus dem Lautsprecher.

Er stellte seinen Stuhl auf, setzte sich darauf und rollte ins Sichtfeld der Kamera. „Ja, alles klar", stieß er zwischen zusammengebissenen Zähnen hervor, blinzelte ein paar Tränen weg und rieb sich die Stelle an seinem Kopf. „Du siehst aber nicht so aus!", erwiderte sie und zog eine Braue hoch. „Doch, es geht schon. Ist nicht so schlimm", meinte Tim.

Lina musterte ihn eine kurze Zeit, dann begann sie: „Wegen heute Nachmittag", sagte sie mit belegter Stimme. „Es tut mir leid, dass ich einfach abgehauen bin. Nachdem diese" sie hielt inne und suchte nach dem passenden Wort „Sache mit mir passiert ist, habe ich mich zu stark geschämt, um zu dir zurück zu kommen. Ich glaube irgendwie sind die Nerven mit mir durchgegangen." Lina hielt inne und holte kurz Luft. Tim sah, dass sie Schwierigkeiten hatte, darüber zu reden. Erneut stellte er ein Glitzern in ihren Augen fest, schob es jedoch auf die Aufnahme ihrer Kamera. „Ich wollte mich nur bei dir entschuldigen und dich wissen lassen, dass das normalerweise nicht meine Art ist", schloss sie und blickte betreten zu Boden.

Es machte Tim traurig, Lina so zu sehen, darum lächelte er. „Schon vergessen!" Mit einem Zwinkern unterstrich er seine Worte. Als Lina sie hörte, sah Tim, wie sich ihr aufgewühltes Gesicht glättete und wie sie sich beruhigte. Ihre Atmung ging jetzt langsamer. Um sie wieder aufzumuntern, fügte Tim hinzu: „Denk nicht mehr daran. Freu dich lieber auf den Abschlussball. Dort wird es bestimmt wunderschön."

Jetzt lächelte Lina wieder. Dann, nach einem kurzen Blick auf etwas irgendwo außerhalb von Tims Sichtfeld, sagte sie: „Ich muss jetzt gehen. Bis morgen dann." Als sie sich schon halb abgewandt hatte, drehte sie sich noch einmal um und blickte direkt in die Kamera. „Danke!" Dann schloss sich das Fenster und die Berglandschaft erschien, die Tim als Hintergrund für seinen Monitor gewählt hatte.

Ein Lächeln umspielte seine Lippen. Er hatte es geschafft. Geschafft, sie wieder aufzumuntern und sich so immerhin ein kleines Bisschen dafür zu revanchieren, was sie alles für ihn getan hatte.

Später im Bett lag Tim noch lange wach und betrachtete ihr Foto zwischen seinen Fingern. Er hatte keine Rollos an den Fenstern und so fiel ein silberner Strahl Mondlicht in sein Zimmer. Dann schob sich eine Wolke vor das Gestirn und ließ nur eine kleine Lücke, durch die der Mond sein Licht weiter senden konnte. Der dünne Strahl, durch die Scheibe in seinem Fenster gebrochen, fiel genau auf das Foto von Lina. Tim konnte alles genau erkennen, ihr blondes, goldenes Haar und ihr freundliches Gesicht. Als Tims Blick sich auf die Augen fixierte, schimmerten sie kurz im Licht des Mondes auf, dann verdeckte die Wolke ihn und das Licht erlosch.

Tanz mit mir

Heute war es soweit. Endlich! Die letzten Tage des Wartens waren überstanden, ein Marathon der Rumsitzerei beendet. Heute würde er endlich das tun, worauf er sich schon lange freute. Tim trat, noch nass vom Wasser, aus der Dusche und wickelte sich in sein Handtuch, wie ein Römer in seine Toga. An den Beinen liefen kleine Rinnsale von Wasser hinab. Der Läufer unter seinen Füßen sog jeden Tropfen begierig auf und verdunkelte sich an den Stellen, wo das Wasser ihn berührte. Tim stellte sich vor den Spiegel. Er konnte nichts erkennen, die gesamte Fläche war beschlagen. Daher nahm Tim den Fön und föhnte einerseits seine Haare, bis sie trocken waren, hielt aber in unregelmäßigen Abständen den Fön auf den Spiegel. An den Stellen, wo der Wärmestrahl die Glasfläche traf, klarte sie auf und das Wasser, welches sich vorher dort abgesetzt hatte, verschwand. Als er fertig war, ließ Tim das Handtuch fallen und schlüpfte in seine Boxershorts. Es war wieder die grünblau karierte, natürlich frisch gewaschen. Tim hatte sie ausgewählt, weil er Lina in ihr sehr nah gekommen war. Vielleicht war er etwas abergläubisch, aber mit etwas Glück konnte ihm heute etwas Ähnliches oder vielleicht sogar mehr passieren. Ein Kribbeln durchlief seinen Bauch und die unteren Regionen, als er sich vorstellte, wie es wäre, wenn sie sich küssen würden. Dann fegte er den Gedanken jedoch schnell wieder beiseite, um sich nicht in Wunschträumen zu verlieren. Nach dem Deo und der weiteren hygienischen und ästhetischen

Behandlung seines Körpers zog Tim sich Socken und Hemd über. Dann ging er zum Schrank und nahm die dunkelblaue Stoffhose vom Bügel und streckte seine Beine hindurch. Sanft schmiegte sich der dünne Stoff an seine Beine und umspielte seine Waden. Es war angenehm, eine solche Hose zu tragen. Zwar saß sie höher, als Tim die Hosen für gewöhnlich trug, dafür engte sie ihn sonst jedoch nicht so ein. Er hatte genug Platz sich zu bewegen und alle nötigen Schritte zu tun, die er gelernt hatte. Tim stellte sich wieder vor den inzwischen wasserfreien Badezimmerspiegel und band sich seine Krawatte. Er brauchte fast eine halbe Stunde, bis er mit dem Ergebnis zufrieden war. Sein Vater hatte ihm vor einer Ewigkeit gezeigt, wie man sie band, und Tim versuchte sich fieberhaft zu erinnern. Nach einer hohen Zahl von misslungenen Versuchen gelang es ihm endlich. Sie war jetzt nicht zu lang, auch nicht zu kurz, der Knoten war nicht schief und auch war sie nirgends verdreht.

Zufrieden klappte Tim den Hemdkragen runter. Dann zog er sich sein Sakko an und ging ein letztes Mal ins Bad, um sich zu betrachten.

Gar nicht mal so schlecht, entschied er, sprühte sich noch etwas Parfüm an Hals und Handgelenke und verließ sein Zimmer. Er schaute auf seine Uhr. Ausreichend Zeit, entschied Tim. Als er sich seine Jacke überwarf und zur Tür gehen wollte, stellte sich ihm eine finster dreinblickende Frau in den Weg. „Was soll das werden?", fuhr seine Mutter ihn an. Ihr dunkles Haar fiel in zerzausten Strähnen über ihr Gesicht und verlieh ihrem Blick etwas Wildes und Bedrohliches. Man konnte ihr ansehen, dass ihr Arbeitstag stressig und anstrengend gewesen war. Die Falten in ihrem Gesicht waren tiefer als gewöhnlich und ihre Augen lagen tief in ihren Höhlen. Dunkle Ringe zeichneten sich darunter ab und zeugten von erheblichem Schlafmangel. In ihrer linken Hand hielt sie den Hals einer Flasche Rotwein umfasst, die nur noch knapp zur Hälfte gefüllt war. „Wo willst du hin?", erregte sie sich und deutete auf Tim. „Es ist sieben Uhr, da hast du nicht mehr wegzugehen!" Ihr befehlsmäßiger Ton ließ Tim verwirrt innehalten. „Und was soll dieser alberne Anzug?", fügte sie hinzu. Ihre Stimme wurde mit jedem Satz den sie sprach schriller. „Seit wann interessiert es dich wieder, was ich tue?", fragte Tim mit ruhiger Stimme. „In letzter Zeit war ich doch nicht mehr als Luft für dich! Du hast kein Mal danach gefragt, was ich tue oder lasse, warum interessiert es dich jetzt?"

„Du kleines Miststück!" fuhr seine Mutter auf. „Was erlaubst du dir? Was denkst du, wer du bist? Du bist in meinem Haus und spielst nach meinen, ich wiederhole, nach M E I N E N Regeln!" Ihre letzten Worte hatten sich zu einem schrillen Kreischen gesteigert. Mit zornig blitzenden Augen ging sie auf Tim zu, hielt jedoch inne, als sich der Boden unter ihren Füßen zu drehen begann.

Auch Tim war jetzt zornig. Er hatte keine Lust und keine Zeit mit seiner Mutter zu diskutieren. Die ganze Zeit über hatte sie ihn ignoriert, ihn behandelt, als ob er nicht da gewesen wäre. Dann fiel ihm wieder ein, dass sie ihm nicht erlaubt hatte, Andenken an seinen Vater, waren sie noch so klein, mitzunehmen. Sein Zorn steigerte sich, aber auch Trauer mischte sich unter. Wäre sein Vater doch hier. Wäre er hier, um diesen Streit zu schlichten. Hier, um Tim zum Abschlussball zu begleiten. Wie gerne hätte er das stolze Gesicht seines Vaters gesehen, während er mit Lina einmarschierte. Wahrscheinlich hätten ihm die Tränen in den Augen gestanden.

Aber er war nicht hier, und würde nie mehr mit ansehen können, wie Tim irgendetwas tolles in seinem Leben erreichte. *Nie mehr hier, weil du ihn mir genommen hast*, fuhr es durch seinen Kopf. Dieser Gedanke verhakte sich irgendwo in seinem Gehirn und ließ Tim an nichts Anderes mehr denken. Seine Trauer und Wut steigerten sich jetzt ins Grenzenlose. In seiner Verzweiflung ließ Tim alle seine Gefühle in einen Tornado der Trauer, einen Zyklon des Zorns, einen Hurrikane des Hasses einfließen. In seinem Bauch braute sich ein fürchterliches Unwetter zusammen, das spürte Tim. Zähneknirschend stand er da, merkte, wie er mehr und mehr vom Zorn aufgefressen wurde.

„Hörst du mich überhaupt? Ich habe gesagt, du gehst N I C H T mehr weg heute Abend. Mir ist egal wie wichtig es für dich ist, das spielt keine Rolle. Was habe ich mir nur angetan, als ich dich zu mir geholt habe. Nichts als Ärger bringst du mir. Du bist lästig! Du bist nichts weiter als eine Mücke, die mich aussaugt!" Zornesfalten überzogen ihr Gesicht, ihre Augen versprühten einen Hass, den Tim noch nie zuvor gesehen hatte.

Doch der Sturm in seinem Inneren war zu stark, um jetzt noch zurückgehalten zu werden. Er öffnete seinen Mund und packte allen Zorn, den Hass, den Ärger, seine Wut und seine Trauer über den Verlust seines Vaters in einen einzigen Satz. „Du bist nicht meine Mutter!"

Totenstille legte sich über den Flur, seine Mutter starrte ihn verdutzt und entsetzt an. Bevor sie sich fangen konnte, rauschte Tim an ihr vorbei, zog die Tür auf, stürmte hindurch und riss sie gleich hinter sich wieder ins Schloss. Der Knall war laut, drinnen hörte er eine Vase zu Bruch gehen, dann war alles ruhig. Ins Gold der untergehenden Sonne getaucht, machte er sich mit hängenden Schultern auf den Weg zu Lina, um sie abzuholen. Dieser Abend konnte nur noch besser werden.

Der Saal war gefüllt mit Menschen. Auf jedem Stuhl, an jedem Tisch saßen die Angehörigen der Tanzschüler. Eltern, Väter, Mütter, Onkel, Tanten, Brüder, Schwestern, Verwandte jeden Grades stapelten sich in diesem Raum über- und untereinander. Sie alle wollten eine gute Sicht auf die Schlange von Jugendlichen haben, die im Gleichschritt zur Musik in den Raum marschierte. Tim und Lina, irgendwo im hinteren Drittel des Zuges, betrachteten das Geschehen mit Erstaunen. Er hielt ihre linke Hand mit seiner Rechten, in seiner Linken befand sich eine große rote Rose.

Als die zwei den Raum betraten, erkannten sie erst das volle Ausmaß dessen, was sie erwartete. Über einhundert Erwachsene säumten jeden freien Zentimeter der Sitzflächen. Hinter der Front aus Leibern konnte Tim gerade noch erkennen, wie unzählige Tische in Reih und Glied nebeneinander standen. Dann wandte Tim seinen Blick wieder nach vorne. Der Einmarsch dauerte einige Minuten, dann mussten sich alle Tanzschüler in einer Gruppe aufstellen und Fotos wurden gemacht. Hiernach durfte jedes Pärchen, das zusätzlich ein Bild von sich alleine haben wollte, noch einmal durch den Eingang hereinkommen und vor dem Fotografen posieren. Lina überredete Tim, dies zu tun und so begaben sich die beiden händchenhaltend zum Fotografen. Zwei Klicks später hielt jeder von ihnen ein kleines Foto einer Polaroid-Kamera in der Hand. Tim steckte seins in die Brusttasche seines Jacketts, Lina verstaute ihres in ihrer Handtasche.

Dann rief der Moderator, der die Leitung des Abends innehatte, für den Eröffnungstanz alle Pärchen auf die Tanzfläche. Vorher jedoch musste der Mann seiner Partnerin die Rose überreichen. Tim stellte sich vor Lina und überlegte kurz, was er sagen sollte, da es ihm doof und stümperhaft vorkam, wenn er sie ihr tonlos überreichte. Dann fiel ihm etwas ein und er hoffte, dass es nicht zu gekünstelt wirkte. „Etwas Schönes für die Schönste", sagte er leise und gab ihr die Rose. Tims Ansicht nach stimmte es, was er gesagt hatte, auch wenn es sich für jeden Außenstehenden bescheuert anhören musste. Für ihn war Lina mit Abstand die Schönste unter allen Tänzerinnen. Sie lächelte, zeigte ihr freundliches, lachendes, frohes und liebevolles Lächeln. Am liebsten, so wünschte sich Tim, würde dieser Moment niemals vorbei gehen, doch dann sah er, wie Linas Kopf sich näherte. Sie küsste ihn kurz auf beide Wangen, dann hauchte sie: „Etwas Liebes für den Liebsten" und grinste. Auch Tim musste grinsen. Dann brachte sie ihre Rose zu ihrem Platz und stellte sich mit Tim in Tanzhaltung auf.

Die Musik begann und Tim führte Lina mit sicheren und rhythmischen Schritten durch den ersten Tanz des Abends, einen langsamen Walzer. Dabei ließ er Linas Gesicht nur selten aus den Augen. Sie tat es ihm gleich. Er versuchte, sich nichts davon anmerken zu lassen, was zu Hause kurz vorher passiert war, aber Lina kannte ihn zu gut, um nicht zu ahnen, dass Tim etwas bedrückte. Nach dem Tanz führte sie ihn bestimmt zu einem Stuhl und drückte ihn darauf. Sie ließ sich ihm gegenüber nieder und hielt beide seiner Hände fest. „Was ist los?", fragte sie besorgt. „Geht es dir nicht gut?"

„Nein, doch", druckste er. „Es ist ok."

„Nichts ist ok", sagte sie in einem Ton, der traurig, besorgt und zugleich bestimmt klang. „Solange du nicht hundertprozentig froh bist, ist für mich nichts in Ordnung. Was ist es, gefalle ich dir nicht?" Ihre Augen begannen leicht feucht zu werden.

„Nein, das ist es nicht", beeilte Tim sich ihr zu versichern.

„Dann sag es doch!", forderte sie ihn auf.

„Ich…, ich will dir nicht den Abend verderben", versuchte Tim in einem letzten Anlauf, sie abzuwehren, aber sie ließ nicht locker.

„Ich bleibe solange hier sitzen, bis du mir gesagt hast, was dich beschäftigt."

„Es ist", Tim suchte nach den richtigen Worten, „wegen meinem Vater. Ich wünschte, er wäre hier und könnte sehen, dass ich mit einem so wundervollen Mädchen tanze."

„Oh, das tut mir leid", sagte Lina mit beschlagener Stimme.

„Muss es nicht. Außerdem habe ich mich mit meiner Mutter gestritten. Sie wollte mich nicht zum Ball gehen lassen. Sie hatte etwas getrunken und war noch aggressiver als gewöhnlich. Sie hat gesagt, ich sei eine Mücke, die ihr nur das Blut aussaugen würde."

Schockiert riss Lina die Augen auf. Sie wollte etwas sagen, doch Tim fuhr fort: „Ich war daraufhin so zornig, dass ich ihr gesagt habe, dass…" seine Stimme brach ab und er musste neu ansetzen „dass sie nicht meine Mutter ist.", schloss er. Ein Kloß saß in seinem Hals, aber um Linas Willen versuchte er, so natürlich wie möglich zu klingen.

„Oh Tim", flüsterte sie entsetzt „das tut mir so leid. Ich kann verstehen, wenn du nicht tanzen möchtest. Sag nur, wenn du lieber reden möchtest."

„Nein!" Entschlossen richtete Tim sich auf. Es hatte gut getan, sich das, was geschehen war, von der Seele zu reden. Aber jetzt, beschloss er, war nicht die Zeit dazu, im Kummer zu schwelgen. „Ich bin mit dir zu diesem Abschlussball gegangen und ich werde ihn mit dir gewinnen." Ein Lächeln legte sich über seinen Mund. Dann hielt er Lina die Hand hin, die sie glücklich ergriff und sich von ihm auf die Beine ziehen ließ. „Zwar haben wir keine Eltern, die uns unterstützen", setzte Tim an, „aber mit etwas Glück können wir so gut tanzen, dass uns die anderen Eltern ihre Stimmen geben."

Und dann fingen sie an zu tanzen. Sie ruhten nicht, pausierten keinen Tanz, bewegten sich im Rhythmus der Musik vor und zurück, nach rechts und nach links.

Im Rausch der Bewegung fixierte Tim Linas Gesicht und ließ es mit seinen Augen nicht mehr los. Auch sie sah ihn an und lächelte. Alles andere um sie herum verschwamm, Tim nahm nur noch Linas Gesicht und ihre goldenen, umher schwingenden Haare wahr. Er versank in ihren Zügen und tauchte ein in seine Erinnerungen.

Ein gebrochener Junge, einsam auf einer Parkbank unter einem Baum sitzend. Musik in den Ohren und die Augen geschlossen. Ein Mädchen, das sich zu ihm setzte. Der Junge bemerkte nicht, dass sie kam. Erst, als sie seine Tränen trocknete, nahm er sie wahr. „Ich bin Lina."

Eine andere Szene. Derselbe Junge, einsam, allein, auf der Kante eines Blumenbeetes. Das Mädchen, hübsch und freundlich, das sich zu ihm setzte

und ihm anbot, sich nach der Schule mit ihm zu tref-
fen.

Wiese, Wald, Natur zu allen Seiten. Der Junge, mit
geschlossenen Augen auf dem Boden. Neben ihm, das
Mädchen, freundlich wie immer. Sie spielte Musik.
Ein Stück, das den Jungen an seinen Vater erinnerte.
Wieder eine Träne, die über sein Gesicht rollte, wie-
der das Mädchen, das sie trocknete.

Im Klassenraum. Eine Geschichte, die von einem
verunglückten Motorradfahrer handelte. Schockierte
Stille in der ganzen Klasse. Traurigkeit und Tränen
bei dem Mädchen. Die Geschichte hatte sie berührt
und getroffen.

Dann sein Zimmer. Sie und er, beide auf seinem
Bett. Sie hielt seine Hand. Er, zitternd und zögernd,
erzählte ihr, wie alles gekommen war wie es jetzt war.
Sie verstand ihn. Er vertraute sich ihr an.

Schmerzen, eine blutende Nase. Neben sich das
Mädchen, das ihn tröstete und seine Schmerzen lin-
derte, das demolierte Gesicht kühlte und ihn von der
Pein ablenkte.

Dunkelheit. Sanfte Klänge der Musik. Beine, die sich von selbst bewegten. Seit, vor, seit, rück. Im Takt der Musik. Dann, geöffnete Augen. Vor sich das Gesicht eines Engels. Linas Gesicht.

Sein Zimmer, bunte Gegenstände überall. Pink rot und andere leuchtende Farben. Ein lächelndes Mädchen, das die Objekte umher räumte. Ein Bild, ein Feld voll Grün.

Sternenhimmel über ihm. An seiner Schulter der Kopf eines Engels. Goldenes Haar auf seiner Brust, an seinem Arm, der sich um sie legte. Der Dank, geheilt zu sein. Nicht mehr ins Loch der Trauer zu fallen.

Ein See, ein Strand, ein Wald. Vor ihm, Lina. Eine Schönheit in allen Bereichen. Zuneigung, starke Gefühle, der Wille, sie nie mehr zu verlieren.

Künstliches Licht. Eine enge Kabine. Eine Hand auf seiner Brust. Erregung in jeder Zelle seines Körpers. Hitze, Kälte, alles zusammen. Schmetterlinge, die in seinem Bauch umherflatterten.

Seine Drehungen wurden langsamer, die Musik in Tims Ohren begann leiser zu werden. Immer noch sahen seine Augen direkt in die von Lina. Blau. Genau wie die Farbe seiner Krawatte. Immer, wenn seine Augen sich den ihren zuwandten, wurde sein Körper ruhig, sein Herzschlag ging gemäßigt, ganz gleich wie aufgewühlt er vorher gewesen war. Blau, die Farbe des Himmels, die Farbe der Klarheit und Sehnsucht. Eine Sehnsucht, die ihn verzehrte, wenn sie nicht bei ihm war.

Ein neues Lied begann. Langsamer, gemächlicher als das Vorangegangene. Die fließende Melodie ließ Tim ruhig werden und sich an das erinnern, was geschehen war, als er von Zuhause weggelaufen war.

Tim hatte versucht, nicht zu weinen um seine Erscheinung nicht zu ruinieren. Zu Fuß war er zu Linas Haus gelaufen, um sie dort abzuholen. Vor der Tür kamen Tim Zweifel an seinem Aussehen und Auftreten. Mit nervösen Fingern fuhr er sich durchs Haar und hoffte, dass die Frisur hielt, bevor er den Klingelknopf drückte. Ein melodisches Schallen hallte durch das Haus. Leicht hob Tim seine Arme und schnüffelte darunter, um zu kontrollieren, ob das Deo auch seinen Dienst verrichtete. Glücklicherweise tat es das. Dann ging die Tür auf. Tim starrte auf einen leeren Flur. Licht brannte und beleuchtete die Szene, warf Schatten an die Wände und doch schien diesem Bild etwas zu fehlen. Er trat ein und schloss die Tür. Mit leichtem Herzklopfen ging er ein paar Schritte vorwärts, bis er genau vor der Treppe stand, die nach oben führte. Dort wartete er, die Hände hinter dem Rücken verschränkt und den Blick auf seine Füße geheftet. Als über ihm ein sachtes *klock* zu hören war, hob Tim den Kopf. Erst sah er nur ihre Füße, die in eleganten silbernen Schuhen steckten. Dünne Bänder hielten den Fuß dort, wo er sein sollte. Auf den Bändern waren funkelnde Steine angebracht, die das Licht reflektierten und dabei wie Linas Augen glitzerten. Die Füße hoben sich und kamen mit langsamen Schritten die Treppe hinab. Makellose Beine schlossen sich an, bis ein Kleid alles oberhalb der Knie verdeckte. Es war eng anliegend und schimmerte, wenn das Licht aus einem bestimmten Winkel darauf fiel. Tim sog scharf Luft ein und betrachtete seine Krawatte. Sie war von dem gleichen, schimmernden Blau wie Linas Kleid. Dann erschien der Rest von Linas Körper auf den Stufen und sie kam zu Tim hinab. Ihm fiel auf, dass sein Mund leicht offen stand und er sie anstarrte. Schnell klappte er ihn zu und lächelte. „Du bist wunderschön!", flüsterte er. Auch Lina lächelte und sagte dann: „Danke. Du siehst aber auch nicht schlecht aus." Ihr Blick wanderte zu seiner Krawatte. Ihre Finger schlossen sich darum und hoben sie leicht an. „Woher wusstest …", fragte sie erstaunt. Tims Lächeln wurde breiter. Er antwortete nicht sofort, sondern ließ sich etwas Zeit, bis er sagte: „Intuition."

Linas Blick fuhr skeptisch über sein Gesicht und sie zog eine Braue hoch. „Soso, Intuition also. Und was hat dir diese Eingebung vermittelt?" Sein Gesicht rückte einige Zentimeter näher an ihres und Tim sah Lina direkt in die Augen. „Die Farbe deiner Augen." Er machte eine kurze Pause. „Ich habe mir überlegt, welche Farbe wohl am besten zu dir passt, aber ich konnte mich nicht wirklich festlegen. Du siehst immer wundervoll aus. Dann habe ich mir das Foto angesehen, das wir am Automaten gemacht haben und da wusste ich es. Deine Augen haben geleuchtet und da wusste ich, welche Farbe ich wählen soll." Verlegen wurde Tim rot im Gesicht. „Natürlich hätte das genauso gut danebengehen können."

„Ist es aber nicht", meinte Lina und man konnte ihr deutlich ansehen, dass sie sich sehr über diese kleine Aufmerksamkeit freute. „Aber wir sollten jetzt los, sonst kommen wir noch zu spät. Ihre Finger glitten suchend zu seinen und umschlossen sie. Sie ließen sich nicht mehr los.

Wieder endete der Tanz. Lied um Lied wirbelten sie umeinander herum. Ihre Körper begaben sich in einen immer tiefer werdenden Rausch, der nichts außer dem Blick für den Partner zuließ. Irgendwann verlor Tim jedes Gefühl für die Zeit. Er wusste nicht, wie lange sie schon tanzten, wie spät es war, wie lange es noch dauerte, bis der Sieger verkündet werden würde. Die Jury, alle anwesenden Eltern und Angehörigen, bekamen irgendwann im Verlauf des Abends einen Zettel, auf dem sie das Paar benennen sollten, welches ihrer Meinung nach am besten getanzt hatte. Viele der Gäste wählten aus Prinzip ihr eigenes Kind und häufig gewann so nicht das beste Pärchen, sondern das mit den meisten mitgebrachten Verwandten. Nur selten kam es vor, dass ein anderes Tanzpaar gewann.

Es war von Anfang an klar gewesen, dass die Chancen für Tim und Lina schlecht standen. Linas Eltern waren viel beschäftigte Leute, die keine Zeit gefunden hatten, diese Veranstaltung ihrer Tochter in den Terminplan zu quetschen. Wenigstens hatten sie ihr jedoch mitgeteilt, dass es ihnen unendlich leid täte und dass sie sich wünschten, dabei zu sein.

Tim hingegen hatte seine Mutter gar nicht dabei haben wollen. Einerseits hielt sie selbst es für vollkommenen Quatsch, so etwas Unsinniges wie Tanzen zu lernen und andererseits fand er, dass sie es auch gar nicht verdient hatte, ihren Sohn hier zu sehen. Die Art, mit der sie ihn behandelte, hatte alle Liebe und Zuneigung für sie aus seinem Gedächtnis verbannt und nur eine leere, emotionslose Gleichgültigkeit hinterlassen. Es war Tim egal, wie seine Mutter über ihn dachte. Ihretwegen hatte Tim alles verloren, was ihm wichtig gewesen war. Wegen der Trennung seiner Mutter hatte sein Vater den Unfall gehabt, der ihm das Leben geraubt hatte. Die Trauer darüber musste unendlich groß gewesen sein. Zu einem kleinen Teil konnte Tim seinem Vater nachfühlen. Lina war ein Teil seines Lebens geworden. Eine gute Freundin, die Beste, die er je gehabt hatte.

Die Musik verstummte und der Moderator trat wieder auf die Fläche. Händchenhaltend gingen Tim und Lina zurück zu ihrem Tisch und setzten sich.

Gespannte Stille füllte den Raum, alle blickten erwartungsvoll zu dem Mann in der Mitte des Saales. Dieser warf einen kurzen Blick auf die silberne Uhr an seinem Handgelenk, bevor sie wieder unter dem Ärmel seines Sakkos verschwand.

„Sehr geehrte Gäste, liebe Tanzschüler. Hinter uns liegen vier Stunden emotionaler und ausdrucksstarker Tänze. Während der letzten Hälfte hatten Sie als Eltern und Angehörige die Gelegenheit, ihren Favoriten zu wählen." Er räusperte sich. „Jetzt endlich sind alle Stimmen ausgezählt und die Gewinner stehen fest. Viele von euch haben diesen Abend sicher lange herbeigesehnt und sind jetzt traurig, dass er dem Ende entgegengeht. Andere sind froh, weil die Füße nach der langen Tanzerei schmerzen." Der Moderator machte eine Pause und grinste in die Runde. „Und jeder von euch wartet heißblütig darauf, dass ich jetzt endlich den Sieger verkünde und euch das Pärchen nenne, das nach Meinung der Zuschauer am besten getanzt hat."

Zustimmendes Gemurmel wurde laut, viele Paare drehten einander die Köpfe zu und tuschelten. Hinter sich hörte Tim einen Jungen mit halblauter Stimme sagen: „Als ob das so wäre. Bei den letzten Abschlussbällen hat immer das Pärchen gewonnen, das die meisten Zuschauer mitgebracht hatte."

„Also komme ich nun zur Verkündung der Platzierungen. Für alle, die nicht aufgerufen werden gilt jedoch keinesfalls, dass sie schlecht tanzen. Ihr alle belegt gemeinsam den vierten Platz." Der Mann griff in die Brusttasche seines Sakkos und zog ein Blatt Papier hervor. „Mit großer Vergnügen darf ich euch das Pärchen vorstellen, welches den dritten Platz belegt hat. Besonders einer hervorragenden Vorstellung ist es zu verdanken, dass …" Seine weiteren Worte nahm Tim nicht mehr auf, da Lina das Wort an ihn gerichtet hatte. „Tim", sie nahm seine Hand „sei nicht zu traurig, wenn es nicht klappen sollte. Wir hatten von Anfang an schlechtere Karten als der Rest und…" ihre Worte gingen in einem höflichen Applaus für die Drittplatzierten unter. Tim klatschte so viel, wie es sich anstandsweise gehörte und wandte sich wieder Lina zu. Währenddessen lobte der Moderator die besonderen Leistungen des zweitplatzierten Paares. „Nein, werde ich nicht. Es ist mir eigentlich auch gar nicht wichtig, ob wir gewinnen oder nicht." Wieder Applaus, ein Junge und ein Mädchen nahmen die Glückwünsche zum zweiten Platz entgegen. „Für mich war es heute der schönste Abend, den ich je verbracht habe. Mir war es heute nur wichtig, mit dir zusammen zu sein und dich lächeln zu sehen. Du hast mir so viel gegeben und mich, egal wann und wo, aufgemuntert und aufgebaut. Das war mir heute wichtig. Dich lächeln zu sehen und zu versuchen, dich glücklich zu machen."

Linas Augen schimmerten, dann fiel sie ihm um den Hals und drückte ihn an sich. Linas Kopf lag auf Tims Schulter und sie flüsterte „Danke. Danke."

„…darf ich Ihnen die Gewinner unseres Kurses vorstellen." Ertönte wieder die Stimme des Mannes, die durch das Mikro, welches er die ganze Zeit in der Hand gehalten hatte, elektronisch verstärkt wurde. „Besonders beeindruckt hat mich ihre Leistung bei den Tänzen, wo es gefragt war, mit Gefühl zu tanzen.

Selten habe ich gesehen, wie sich ein Pärchen als Anfänger so emotional und trotzdem taktsicher auf der Tanzfläche bewegt und uns somit einen unvergesslichen Abend bereitete. Ich darf vorstellen, die neuen Champions unseres Kurses:"

Eine Pause folgte, einige Eltern hielten den Atem an, in der Hoffnung, dass gleich der Name ihres Kindes durch die Lautsprecher gesagt werden würde. Lina löste sich aus der Umarmung und lehnte sich nun an Tims Schulter. Er hatte einen Arm um sie gelegt, genau wie an dem Abend, als sie auf Linas Balkon unter dem Dach der Sterne eingeschlafen waren.

„Herzlichen Glückwunsch, Tim und Lina."

Applaus ertönte und die beiden sahen sich verwirrt an. Dann lächelten sie gleichzeitig und standen auf. Arm in Arm gingen sie in die Mitte des Saales. Jetzt erst fiel Tim auf, dass die Fenster durch Rollos verdunkelt waren. Alle Leute starrten gebannt auf die Gewinner, so als erwarteten sie, dass die Beiden gleich eine Sondervorstellung ihrer Künste abliefern würden.

Beglückwünschend kam der Moderator auf sie zu, schüttelte erst Lina dann Tim die Hand. Dann überreichte er Lina einen kleinen Strauß Blumen und Tim eine Flasche Sekt. Er gab Tim und Lina die Gutscheine für ein Essen bei einem guten Restaurant in der Nähe, dann trat er zurück und erhob erneut die Stimme: „Da wir nun unsere Gewinner gekürt haben, wird es Zeit für den Ehrentanz."

Das Licht ging aus und für einen Moment herrschte vollkommene Dunkelheit. Dann sprang irgendwo unter der Decke ein Scheinwerfer an und beleuchtete die große Discokugel, die von der Decke hing. Andere Scheinwerfer wechselten sich ab und tauchten den Saal abwechselnd in rotes, blaues und gelbes Licht. Als die Musik zu spielen begann, wusste Tim instinktiv, welchen Tanz er zu tanzen hatte. Es war dasselbe Lied, das er bei seinen ersten Tanzversuchen in Linas Zimmer gehört hatte. Das gelbe Licht verlieh Lina das Gesicht einer Elfe. Von ihrer Schönheit betäubt, brauchte er einige Sekunden bis er endlich sagen konnte, was ihm auf den Lippen lag. „Ich hoffe, ich stelle mich jetzt besser an als beim ersten Mal, als wir hierzu getanzt haben." Sie lächelte nur, glücklich, dass sie doch, entgegen aller Erwartungen, gewonnen hatten. Tim teilte ihre Empfindungen. Sie hatten es allen gezeigt, sie gelehrt, dass es doch möglich war, dass jemand, der ohne die Unterstützung seiner Familie auftrat, gewinnen konnte und im Stande war, besser als alle anderen zu sein. Er brauchte keine Familie. Er brauchte seine Mutter nicht. Das Einzige, was er brauchte, war Lina.

Der Tanz begann und sie bewegten sich. Sachte wiegten sie ihre Körper zur Musik, sicher traten die Füße dahin, wo sie hintreten sollten. Glück sickerte in Tims Bewusstsein und er wurde sich klar darüber, wie froh er sich schätzen konnte, dass ER es war, den Lina erwählt hatte, um sie zu diesem Tanzkurs zu begleiten.

Ein Traum

Es war kalt, als sie sich auf den Heimweg machten. Erste Blätter lagen wie dunkle Schatten auf der Straße und fegten im frischen Wind des frühen Herbstes über den Weg. Die Bäume, die zu beiden Seiten des Weges standen, warfen lange Schatten. Lina schreckte zurück, als sie in einem Baum den Umriss eines Monsters wahrnahm. Lange dunkle Äste zweigten von dem dürren Stamm ab. Verkrüppelten Armen gleich zogen sie sich in die Höhe und besaßen an ihren Enden noch einige Büschel Laub, die den Eindruck von Händen hinterließen. Durch ein Loch im Stamm pfiff der Wind und hinterließ ein grauenvolles Heulen. Lina griff fester nach Tims Hand. Er merkte, wie sie zitterte. Tim blieb stehen und sah Lina an. „Hier, nimm meine Jacke. Dann frierst du nicht mehr so stark." Dankend nahm Lina sein Sakko entgegen und versank in diesen Tiefen. Die Ärmel waren zu lang und die Schultern waren zu breit für Linas schmale Figur. Außerdem reichte es bis weit unter ihre Hüfte. Immerhin hält es sie warm, dachte Tim. Sie standen jetzt genau unter einer Laterne. Das Licht war schwach und die Birne flackerte. „Wir sind gleich bei dir, da ist es warm", versuchte Tim ihre Laune zu heben. Dankend zwinkerte sie ihm zu, doch zitterte Lina immer noch. „Komm, wir laufen ein Stück, vielleicht wird dir dann wärmer", schlug er vor und zog sie an ihrer Hand hinter sich her. Es war nicht mehr weit bis sie Linas Haus erreicht hätten. Sie bogen um zwei Ecken, rannten eine Straße hinunter und schlugen dann einen kleinen

Schleichpfad ein, eine Abkürzung, mit der sie ihren Weg um die Hälfte reduzierten. Hier war es noch dunkler als auf der Straße und Tim beeilte sich, wieder auf einen richtigen Weg zu kommen. Neben ihm hörte er Lina leise flüstern. „Hier ist es gruselig. Lass uns schnell von hier wegkommen. Ich habe kein gutes Gefühl." Auch Tim hatte leichten Bammel und war froh, als sie neben einer funktionierenden Straßenlaterne wieder auf den Gehweg stolperten. „Wenigstens ist mir jetzt nicht mehr so kalt", meinte Lina und drückte Tim mit einem Grinsen vorwärts. Erleichterung durchströmte ihn. Sie waren jetzt schon in Linas Siedlung und am Ende konnte er bereits ihr Haus erahnen. Plötzlich gab es einen lauten Knall und alles Licht erlosch. Tim schnellte herum um zu sehen, was passiert war, aber er konnte nichts erkennen. „Was war das", fragte Lina ängstlich. „Wahrscheinlich nur ein Kurzschluss in einer Lampe, der die ganze Straße lahmgelegt hat", versuchte er sie zu beruhigen. Doch seine Nackenhaare stellten sich auf. „Beeilen wir uns lieber." Schnellen Schrittes gingen sie die Straße entlang und endlich erreichten die beiden Linas Haus. Tim fühlte sich beobachtet und drehte sich um, doch da war niemand. In den Schatten wäre es auch schwer gewesen, jemanden auszumachen. Trotzdem blieb das ungute Gefühl in seinem Magen und Tim war dankbar als ihm Lina anbot noch kurz mit reinzukommen und sich aufzuwärmen. Als die Tür ins Schloss fiel lösten sich die Fesseln der Angst von Tims Brust. Es war weniger die Angst um sich selbst als die um Lina, die ihn getrieben hatte sie so schnell wie möglich nach

Hause zu bringen. Lina legte ihre Sachen ab und ging in die Küche. „Kakao?", fragte sie von dort. „Ja, gerne.", erwiderte er und folgte ihr. Lina holte zwei Tassen aus dem Schrank und füllte sie mit Milch, erwärmte sie kurz in der Mikrowelle, schüttete dann das Kakaopulver hinzu und verrührte alles. Tim betrachtete die Tassen. *Ohne dich ist alles doof.* Wie passend, überlegte er und musste schmunzeln. Er nahm einen Schluck und verbrannte sich beinah die Zunge an dem heißen Getränk. Sie warteten, bis es eine trinkbare Temperatur erreicht hatte. Als die schokoladige Flüssigkeit dann endlich Tims Kehle hinabbrann, fühlte er, wie sich die Wärme in seinem Körper ausbreitete und die Kälte aus den frierenden Gliedern vertrieb. Nachdem er ausgetrunken hatte stand Tim auf und wollte sich auf den Weg machen. Lina war bestimmt müde und erschöpft von dem Abend. Bloß würde sie ihn niemals bitten zu gehen, daher ergriff er die Initiative. Er verabschiedete sich und ging zur Tür. Die Hand um den Griff geschlossen öffnete er sie und spürte den eiskalten Wind hineinwehen. Eine kurze Umarmung, dann ging er. Doch als er zehn Schritte gegangen war, erklang hinter ihm Linas Stimme. „Tim, warte."

Verwundert drehte er sich um und wartete, bis sie zu ihm gelaufen war. Dann stand sie vor ihm und ihre Hände rangen nervös miteinander. Sie schien nicht wirklich zu wissen, wie sie es sagen konnte, was immer es auch sein sollte. „Ich", begann sie schließlich „ich habe dein Gedicht gelesen."

Schockiert klappte Tim der Mund auf. Von einem Moment auf den anderen war sein Herz auf hundertachtzig und es überlief ihn heiß und kalt. Bis gerade eben hatte für ihn immer noch die Hoffnung existiert, dass sie es nicht gefunden hatte. Dass es beim Waschen zerstört worden war. Dass es ihr beim Ausziehen herausgefallen war und sie es nicht bemerkt hatte. Doch jetzt zu hören, dass Lina es gelesen hatte, ließ Tim schaudern. „Ich wollte es dir nicht zeigen. Es…es…" stotterte er „Es tut mir leid. Du solltest es nicht lesen. Es kam einfach so über mich und ich konnte nicht anders." Hilflosigkeit machte sich in ihm breit. Wie sollte er es ihr nur richtig erklären. Egal was er sagte, aus seinem Mund kam nur sinnloses Geplapper.

Lina sah ihm direkt in die Augen. Ihr Blick war ernst und hatte seine Herzlichkeit verloren. „Ist das wahr, was du geschrieben hast?", wollte sie wissen. „Fühlst du das, was du schreibst? Siehst du mich so wie du es auf dem Papier gesagt hast?"

Tim blieb keine Wahl. Wenn er jetzt lügen würde, würde sie es bemerken. Nichts zu sagen, wäre genauso schlimm, sie hielte ihn nur für einen Feigling. Der einzige Weg war die Wahrheit. Tim nahm seinen ganzen Mut zusammen und bestimmt sprach er: „Ja, jedes Wort."

Kurz herrschte Stille. Nichts bewegte sich, die Zeit schien still zu stehen. Dann wandelte sich der Ausdruck in ihren Augen und Erleichterung machte sich in Linas Gesicht breit. Langsam bewegte sich ihr Kopf in seine Richtung. Stetig kam ihr Gesicht auf ihn zu. Lina neigte leicht ihren Kopf, dann legten sich ihre Lippen auf seine. Sanft tasteten sie sich voran und zogen sich behutsam wieder zurück.

Süßer, fruchtiger Geschmack flutete Tims Geist. Die Tiere erwachten in seinem Bauch und sprangen umher. Seine ganze Welt stellte sich auf den Kopf. Nie zuvor hatte er so gefühlt wie in diesem Moment. Ein Bild von Linas Antlitz brannte sich in seinen Kopf und ließ ihn nicht mehr los. Seine Augen schlossen sich gleichzeitig mit ihren. Dann erwiderte er ihre Geste. Scheu suchte er sie, und tat es ihr nach. Sie wich leicht zurück und Tim wollte gerade beginnen, sich zu fragen, ob er etwas falsch gemacht hatte, als Linas Lippen zurückkehrten und sich auf seine drückten. Ihre Arme schlossen sich um seinen Körper und zogen Tim zu sich heran. Eng umschlungen standen die beiden wie versteinert in der Kälte. Einzig ihre Lippen bewegten sich in zärtlicher Liebkosung.

Ein Traum, der sich endlich erfüllte. Wie lange hatte Tim gewartet und gehofft, dass das Unmögliche wahr wurde. Endlich hatte sein Warten ein Ende. Endlich war das eingetroffen, was er als traumhafte Fantasie abgestempelt hatte.

Der Engel, sein Retter, hatte sich für ihn, den traurig trauernden Neuling entschieden. Die Glückseligkeit, in die Tim sich hinein gleiten ließ, war nicht zu beschreiben. Ein Traum, der wahr geworden war. *Danke*, sandte er im Geist zu all den Menschen und göttlichen Wesen, die ihm dies ermöglicht hatten.

„Wie rührend", erklang eine schnarrende Stimme hinter ihm und Tim fuhr herum. Er fühlte sich ertappt und schuldig, obwohl es eigentlich gar keinen Grund dafür gab. Mit zusammengekniffenen Augen versuchte Tim mehr zu erkennen. Vor ihm schälten sich fünf Schatten aus der Dunkelheit. Langsam konnte er Einzelheiten erkennen. Alle fünf waren Jugendliche, etwa in seinem Alter, vielleicht ein Jahr älter. Jeder von ihnen hatte kurz geschorene dunkle Haare. Sie trugen schwarze Jacken und lockere Baumwollhosen. Weiße Sneaker rundeten das Bild ab. Erschreckend war jedoch, neben ihren Frisuren der Körperbau der Jungen. Allesamt hatten sie ein breites Kreuz, jedes doppelt so breit wie das von Lina. Einer aus der Gruppe trat einen Schritt vor. Er trug ein goldenes Kreuz um den Hals, protzig prahlte es den Reichtum seines Besitzers in die Welt. „Eine schöne Szene, die ihr uns da geboten habt. Da geht einem ja fast das Herz auf." Geräuschvoll sog er ein und spuckte einen grünen, glibbrigen Brocken vor Tims Füße. „So romantisch", er grinste spöttisch. „Ach ich liebe dich. Liebst du mich auch?" Bei den letzten Sätzen hatte er seine Stimme verstellt, und die Tonhöhe bizarr nach oben geschraubt. „Da kommen mir ja gleich die Tränen." Seine Kumpels lachten dreckig.

Tim wurde sauer. Er wusste nicht wer diese Jungs waren, noch was sie wollten. Doch ihr spöttisches Getue ging ihm gehörig auf die Nerven. Außerdem war er sehr erregt darüber, dass sie ihn bei seinem allerersten Kuss mit Lina unterbrochen hatten. Den Blick direkt auf den des Sprechers der Gruppe gerichtet, fragte Tim: „Was wollt ihr?"

„Was wir wollen?" Der Junge schien amüsiert. Er drehte sich zu seinen Begleitern um und fragte: „Was wollen wir? Wir wollen einfach nur" er machte zwei schnelle Schritte auf Lina zu und strich ihr mit seinen Fingern über die Wange. „zusehen, was ihr zwei Turteltäubchen heute Nacht so treibt." Bei den letzten Worten beugte er sich herab und zwang Lina einen Kuss auf die Lippen.

„Du Arsch!" fuhr Tim ihn an. Zornesblind machte er einen Schritt auf ihn zu. Ein Schutzinstinkt war in ihm erwacht. Ein Verlangen, Lina vor diesen dunklen Gestalten zu beschützen. Zwei der Begleiter schnellten vor und packten Tim an den Armen. Er versuchte weiter vorwärts zu kommen, doch ihr stählerner Griff bohrte sich in seine Schultern und zwang ihn dazu aufzugeben. „Ich Arsch?" Begehrte sich der Anführer auf. „Ich Arsch?" Seine Stimme steigerte sich zu einem Schrei. Dann spürte Tim dessen Gesicht an seinem Ohr. „Ja ich bin ein Arsch. Und das zurecht." Zischte es. „Und weißt du auch warum?" Die Stimme wurde lauter und das Gesicht entfernte sich von Tims Ohr. Ohne eine Antwort abzuwarten fuhr der Junge fort. „Weil du dir etwas genommen hast, was meins war." Tim begriff nicht. „Das, was mir vorbehalten war, alleine mir", heulte der Anführer auf, „hast du mir gestohlen. Du hast sie betört mit deiner komischen, einsamen verweichlichten Scheiße und dieser behinderten Geschichte." Der verrückte Ausdruck auf seinem Gesicht wurde breiter. „Dafür wirst du jetzt bezahlen. Für jeden einzelnen Tag, den du mir mit ihr geraubt hast, für jede Stunde, die ich wegen dir nicht mit ihr verbringen konnte."

Langsam dämmerte es Tim. Verblüfft suchte er Linas Blick doch sie wich ihm aus und sah betreten zu Boden. Verzweifelt begehrte er gegen seine menschlichen Fesseln auf, aber der Druck ließ nicht nach.

Dann flog eine Faust heran und prallte mit voller Wucht in Tims Gesicht. Schmerz explodierte in seinem Kopf und Sternchen kreisten vor den Augen. Gerade als sich sein Blick wieder klärte, spürte Tim, wie ein Schlag seinen Bauch erschütterte. Es tat so unendlich weh, er wollte sich krümmen um dadurch etwas Linderung zu erhalten, aber seine männlichen Wächter bewegten sich keinen Zentimeter und lockerten ihren Griff in keinster Weise.

„Nein!" kreischte es von irgendwo. Tim erkannte Lina an ihrer Stimme. „Hört auf damit. Lasst ihn in Ruhe. Er kann nichts dafür. Bitte!", ihre Stimme war nicht mehr als ein Schluchzen. „Bitte", wimmerte sie „Ich flehe euch an. Lasst ihn gehen!"

„Zu spät", erklang die höhnische Antwort. Tim konnte wieder genug erkennen, um zu sehen wie jemand Lina von hinten packte und sie in eiserner Umklammerung festhielt. „Und du bist an allem schuld." Richtete der Anführer das Wort an sie. „Jetzt sieh mit an, was wegen dir geschieht. Sei dir bewusst, was du zu verantworten hast."

Dann raste die Faust erneut heran und traf Tim direkt ins Gesicht. Er hörte es knacken. Die Qualen waren unvorstellbar. Warm rann eine Flüssigkeit sein

Gesicht hinab und tropfte in seinen Mund. Salzig. Blut, sein Blut.

Der nächste Schlag, der ihn traf, schleuderte Tim aus der Zange seiner Wächter. Schmerzvoll schlug er mit der Seite auf die Straße und schrammte sich die Wange auf. In seinem Bauch zog sich alles zusammen und die Schmerzen ließen ihm die Tränen in die Augen treten. Vielleicht, dachte er, hört es jetzt ja auf, wo sie mich in der Gosse liegen sehen. Ein Tritt in den Rücken machte seine Hoffnungen zunichte. Gleißend durchfuhr ihn die Pein. Der Nächste folgte vor die Brust und Tim fühlte es mehrfach knacken. Sein ganzer Körper schien nur aus Schmerzen und Qualen zu bestehen. Er sehnte sich nach seinem Bett, seinem Zuhause, seinem Vater. Wie gerne wäre er jetzt bei ihm. Zitternd öffneten sich seine Lider. Lina stand, immer noch von einem Muskelpaket festgehalten, einige Meter entfernt. Über ihre Wangen liefen Ströme von Tränen. Kurz trafen sich ihre Blicke. Mit letzter Kraft formten seine Lippen ein schwaches „Warum?" In ihren Augen spiegelte sich die Verzweiflung. Traurig sah sie ihn an. Dann fing sie an zu kreischen, als ihr Bewacher seinen Griff verstärkte. Tims Lider flatterten und schlossen sich. Wie schön es wäre, sich fallen zu lassen. Einfach loszulassen, von alledem, was ihn hier hielt.

Der langgezogene Schrei war das Letzte, was Tim hörte, bevor etwas sehr hartes seinen Kopf traf, der Schmerz in Tims Schädel explodierte und sein Bewusstsein sprengte.

Wiedersehen

Tim fand sich in einem weißen Raum wieder. Weiße Wände, weiße Decken, ein weißer Boden. Nein, es war kein Raum. Bei genauerem Hinsehen stellte er fest, dass es weder eine Decke noch Wände gab, die sich um ihn herum befanden. Tim stand auf einer strahlend hellen Ebene. Unendlich weit reichte sie vor seinen Augen. So sehr sie auch suchten, es gab nichts Anderes. *Was mache ich hier*, begann Tim sich zu fragen. Er hatte keine Erinnerungen an das, was zuvor geschehen war. Sein Gedächtnis war wie ausgelöscht.

Aus den Tiefen des gleißenden Lichtes trat ein Mann hervor. Tim glaubte zumindest, dass es sich um einen Mann handelte, aber aus dieser Entfernung war das schwer festzustellen. Langsam bewegte die Person sich auf ihn zu. Sie war in weiße Tücher gehüllt und ging barfuß über die Ebene. Zielsicher führte ihr Weg auf Tim zu. Je näher der Mann ihm kam, desto sicherer wurde sich Tim, dass er ihn schon einmal gesehen hatte. Jeder Schritt, der die beiden näher zusammen brachte, bestärkte ihn in dieser Feststellung. Die Haare fielen dem Mann auf die Schultern, waren jedoch weder verfilzt noch verknotet. In geraden Linien fielen sie herab und rahmten das so bekannte Gesicht ein.

Tim empfand keine Furcht vor dem Mann. In seinem weißen Gewand sah er unschuldig aus und er würde wohl kaum eine Waffe darunter versteckt halten.

„Wo bin ich?", fragte er den Mann deshalb. „Wo du bist?", antwortete dieser freundlich. „Dort, wo auch immer du sein willst. Du bist frei in deiner Entscheidung."

Ein Bild von einem Kornfeld jagte durch Tims Kopf. Augenblicklich sprossen grüne Ähren aus dem Boden, so dicht, dass sie den Boden wie ein Teppich bedeckten. Über Tim tat sich ein blau strahlender Himmel auf, die Sonne lächelte freundlich hinab und sandte ihre wärmenden Strahlen zur Erde. Schmetterlinge in den prächtigsten Farben flatterten vergnügt über das grüne Meer und neckten sich, indem sie gegeneinander flogen. Vogelgezwitscher erfüllte die Luft und viele Paare kreisten in Bögen über dem Feld.

„Eine gute Wahl" wurde Tim von seinem Gegenüber gelobt. „So friedlich und harmonisch, dass man für immer hier bleiben würde, hätte man die Wahl", deutete der Mann verschwörerisch grinsend an.

Tim ging jedoch nicht darauf ein. Er wusste, dass dieser Mann eine wichtige Rolle in seinem Leben gespielt hatte, doch er konnte sich nicht erinnern. Wieder und wieder versuchte er es, doch seine Erinnerungen waren in einem tiefen Verließ gefangen, in das nicht das kleinste Fünkchen Licht vorzudringen vermochte, um die Dunkelheit zu erhellen. Nach etlichen gescheiterten Versuchen, seinem Kopf die Erinnerung zu entlocken, gab Tim schließlich auf und fragte: „Verzeiht, aber ich kann mich nicht erinnern, wer Ihr seid." In den Augen seines Gegenübers leuchtete erst Überraschung, dann Traurigkeit auf und seine Schultern sanken herab. Mutlosigkeit fraß sich in seine

Züge und ließ den Mann um viele Jahre älter wirken. „So lange", flüsterte er vor sich hin „so lange habe ich gewartet. Gewartet auf eine Möglichkeit, mit dir in Verbindung zu treten. Habe alles getan um einen Weg zu finden, noch einmal zu dir zu sprechen." Bekümmert neigte sich sein Kopf nach unten. „Und jetzt, wo ich es endlich geschafft habe, wo alle meine Bemühungen ihr Ziel erreicht haben, erkennt mich mein eigener Sohn nicht wieder."

Verdutzt starrte Tim den Mann an. Sollte das wirklich sein Vater…

Hunderte Eindrücke stürmten auf ihn ein. Wie durch ein Leck strömten Erinnerungen in seinen Geist. Einzelne Fragmente fügten sich zusammen und bildeten ein Ganzes, das Bild von ihm selbst, einer Frau und einem Mann. Tatsächlich war der Mann auf dem Bild genau derselbe wie derjenige, der in diesem Moment gegenüber von Tim stand.

Und dann erinnerte sich Tim. Die Trennung. Der Motorradausflug. Der Schmerz über die Nachricht, dass sein Vater bei einem Unfall ums Leben gekommen war. Tränen stiegen dem Jungen in die Augen. Er scheute sich nicht, ihnen freie Bahn zu gewähren. Mit einem „Oh, Paps!" schlang Tim die Arme um seinen Vater und ließ diesen nicht mehr los. „Ich habe dich so vermisst. Ich bin so froh, dass du da bist."

Sein Vater erwiderte die Umarmung und hielt seinen Jungen fest. „Ich dich auch mein Großer, ich dich auch!", versicherte er ihm. Lange verharrten sie, keiner der beiden bewegte sich aus Angst, dass ihm der Andere gleich wieder genommen werden könnte.

Stille Freudentränen rannen beiden über die Wangen und tropften auf die Erde. Überall wo sie aufkamen, wuchsen kleine Blumen aus dem Staub und mischten sich unter das Grün des Feldes.

Irgendwann lösten sie sich doch voneinander. „Aber wie ist das möglich?", brach es aus Tim hervor. Wie war es möglich, dass er hier mit seinem Vater von Angesicht zu Angesicht stand. Er war echt, keine Illusion, jedenfalls hatte es sich nicht danach angefühlt, als sie sich umarmt hatten. „Du bist doch", es fiel Tim schwer die passenden Worte zu finden. Schließlich entschied er sich für die schlichte Wahrheit. „Du bist doch bei einem Unfall gestorben. Oder etwa nicht?" fügte er halb fragend, halb hoffend hinzu. Vielleicht hatte sein Vater ja doch überlebt. Nein, ausgeschlossen. Tim hatte gesehen, wie die Anzugträger ihn im Sarg zu Grabe getragen und seinen Vater dort zur letzten Ruhe gebettet hatten. Aber wie…

„Vieles ist hier anders, als es scheint." Mehr sagte sein Vater nicht. Tim starrte ihn begierig an. Er erwartete, dass sein Vater sich erklärte, doch dieser tat es nicht. Als der Mann erneut ansetzte, sprach er von etwas völlig Anderem. „Ich möchte mit dir über deine Mutter sprechen."

Emotionen flossen in Strömen durch Tims Geist. Eine von ihnen hob sich deutlich unter den andren hervor. Hass und Zorn stiegen in ihm auf, obwohl Tim gerade nicht genau wusste, warum das so war. Seine Augen verengten sich und missbilligend verzog der Junge den Mund. „Genau das solltest du nicht tun, wenn du an sie denkst. Ich weiß, sie hat dir und mir viel Leid und Kummer zugefügt, besonders dir in letzter Zeit. Aber sie ist nicht böse. Sie kann nichts dafür, dass sie tut, was sie tut. Dass sie sagt, was sie sagt. In Wirklichkeit meint es deine Mutter nicht so. Eigentlich weiß sie es besser. Und sie liebt dich mehr als alles andere auf der Welt. Sie hat dich geboren. Und hätte ich meine Krankheit nicht bekommen, wäre es nie so weit gekommen, wie es gekommen ist."

Tim dachte nach. Es war viel, was er da zu hören bekam, aber er konnte nichts von dem einordnen, was seine Ohren da aufnahmen. Er verstand es einfach nicht, konnte das Gehörte nicht in Zusammenhang mit Ereignissen oder seinen Erlebnissen stellen. Er erinnerte sich nicht.

„Meine Zeit mit dir neigt sich dem Ende entgegen. Ich möchte nicht gehen, aber ich muss." Tim sah zum Himmel. Die Sonne war weit gewandert. Sie neigte sich immer weiter zum Horizont. Seinem Vater standen die Tränen in den Augen. „Egal was passiert, ich werde niemals aufhören dich zu lieben. Ich habe dich immer geliebt, von der ersten Sekunde deines Lebens. Und auch wenn ich nicht mehr bei dir bin", sein Vater zog Tim zu sich heran und drückte ihn kräftig „werde ich immer über dich wachen. Wie alleine du dich auch fühlst, denk immer daran" Er nahm eine Hand und legte sie Tim auf die Brust. Genau über sein Herz. „Ich bin immer hier drin." Dann wandte sein Vater sich um und ging mit großen Schritten dem Horizont entgegen, genau dahin, wo die Sonne ihn berühren würde. Erst jetzt bemerkte Tim, dass sein Vater keine Wunden an den Füßen mehr hatte. Sie waren geheilt.

Sein Vater war von seinem Leiden befreit und die Schmerzen für immer vergangen.

Auf halber Strecke drehte sein Vater sich noch einmal um und hob die Hand für einen letzten, endgültigen Gruß. Tim hob seinen Arm ebenfalls. Dann berührte die Sonne den Horizont. Sein Vater verschwand so plötzlich, wie er gekommen war. Das letzte, was Tim wahrnahm, bevor die Dunkelheit ihn umfing, war das Feld in der untergehenden Sonne. Ein Feld aus Gold.

Ein stetes, hohes Piepen drang an sein Ohr. Einen Moment lang lag Tim still da und hörte nur auf das Geräusch. Was war das für ein Ton, der sich alle paar Momente wiederholte? Um genau zu sein, jeden Herzschlag. Eiskalt traf es Tim und er schlug die Augen auf. Im Zimmer war es dunkel, doch durch ein Fenster drang steriles Licht von einem Flur herein. So konnte er erkennen, wo er sich befand. Tim lag in einem Krankenbett. Weiße Wäsche und ein weißes Laken, soweit er es erkennen konnte, waren seine Bettgarnitur. Tim selbst trug ein gepunktetes OP-Hemdchen und, wie er schockiert feststellte, nichts darunter. *Was mache ich in einem Krankenhaus,* fragte er sich und sein Herzschlag beschleunigte. Das Piepen wurde schneller und lauter.

Tim versuchte, sich aufzurichten. Ein Schmerz fuhr durch seinen gesamten Körper, besonders aber in seine Brust und zwang den Jungen dazu, sich wieder auf den Rücken zu legen.

Der Kopf kam ihm ungewohnt schwer vor und Tim hob einen Arm um nachzufühlen. Er bemerkte einige große Schrammen daran. Dann sah er viele weiße kleine Striche auf seiner Haut. Feine Narben, erkannte er.

Als seine Hand den Kopf berührte, zog er sie erschrocken zurück. Sie fühlte keine Haare und keine Haut. Stattdessen hatten Tims Finger ein Netz und einen darunterliegenden Verband ertastet. Wie Tim durch ein erneutes Abtasten herausfand, hatte man seinen gesamten Schädel mit einer straffen Bandage umwickelt.

Dem Jungen fiel ein Stuhl auf, der neben seinem Bett stand. Er war leer. Wie sollte es auch anders sein? Sein Vater konnte sich nicht mehr um ihn sorgen. Die Tür ging auf und ein mattes Licht beschien das Zimmer. In der Tür stand eine Frau, die sich langsam auf ihn zubewegte. Sie war bestimmt Ende vierzig und trug eine weiße Uniform. Was sollte man auch sonst in einem Krankenhaus tragen, fuhr es Tim durch den Kopf.

Er versuchte, das kleine Schild mit ihrem Namen zu lesen, das an dem weißen Kittel hing. Doch die Schatten fielen so ungünstig, dass Tim keine Möglichkeit bekam es zu entziffern. „Hallo Tim" sprach sie ihn mit freundlicher Stimme an. „Ich bin Schwester Petra. Ich denke du hast mitbekommen, dass du im Krankenhaus bist. Wir haben lange gewartet, dass du wieder zurückkommst." Zurückkommst? Fragte sich Tim. Wo war er denn gewesen? Gerade öffnete der

Junge seinen Mund um die Schwester danach zu fragen. Sie aber schien es nicht bemerkt zu haben und fuhr fort: „Wir werden alle deine Fragen beantworten. Aber nicht mehr heute Nacht. Du musst jetzt schlafen und dich ausruhen."

Ausruhen? Warum schlafen? Er hatte doch bis gerade eben tief und fest geschlummert. Doch noch als Tim sich diese Fragen stellte, merkte er wie die Müdigkeit ihn überkam.

„Damit du ruhiger schläfst, habe ich hier noch ein Mittel zur Beruhigung für dich", sagte Schwester Petra und hielt ihm einen kleinen Becher mit einer komisch riechenden Flüssigkeit unter die Nase. Noch bevor er reagieren konnte, kippte sie ihm die Medizin in den Hals und Tim musste schlucken, um nicht zu ersticken. „Ich wünsche dir eine gute Nacht!", säuselte sie und verließ das Zimmer. Von außen schloss sie die Tür und entfernte sich mit klackernden Schritten.

Wieder alleine, sah der Junge zu dem leeren Stuhl zurück. Wer sollte schon kommen und sich um ihn sorgen? Seine Mutter, die für ihn keine Mutter mehr war? Bestimmt nicht. Sicher saß sie gerade in diesem Moment zu Hause und feierte ein Fest zu Freuden seiner Abwesenheit. Wen hatte Tim sonst noch gehabt, der sich so um ihn sorgte?

Lina. Wo war sie? Was war überhaupt geschehen? Tim konnte sich nur noch daran erinnern, dass er sie nach dem Abschlussball nach Hause gebracht hatte. Als sie sich verabschiedet hatten, hatten sie sich geküsst. Oder bildete er sich das nur ein? Nein, das konnte nicht sein. Niemals hätte Lina solche Gefühle für ihn gehegt.

Tim versuchte, in seinen Gedanken weiter zu forschen, um herauszubekommen, wie er hierher gelangt war. Doch alles was er fand, waren pure Schmerzen. Tim zog das Hemd hoch und besah sich seine Brust. Sie war grün und gelb verfärbt. Als er seine Finger darauf legte, zuckten kurze Schmerzensblitze in seinen Kopf hinauf.

Wie er es auch betrachtete, Tim war alleine. Niemand würde kommen, und sich um ihn kümmern. Keiner würde sich mit ihm beschäftigen, ihn aufbauen, darauf warten, dass er aus der Klinik entlassen wurde. Es war nicht nur seine Mutter, die ihn im Stich gelassen hatte. Auch Lina, der er vertraut, auf die er alles gesetzt hatte, musste sich von ihm abgewandt haben.

Müde senkten sich Tims Lider und seine Augen schlossen sich. Mit ihrem Gesicht vor Augen schlief er ein.

Als Tim wieder aus dem Schlaf erwachte, fiel mattes Licht durch ein Fenster, welches er vorher gar nicht bemerkt hatte. Die Vorhänge waren aufgezogen und so hatte Tim freie Sicht auf das, was sich draußen ereignete. Tim erschrak, als er bemerkte, wie viel Zeit vergangen sein musste. Ein großer Teil der Blätter der Bäume war nicht nur verfärbt, sondern schon abgefallen und sammelte sich in kleinen Häufchen auf der Erde. Durch die Zweige peitschte ein heftiger Wind.

Dann begann es zu regnen. Dicke, fette Tropfen klatschten an die Scheibe. Ein stetiges Trommeln drang durch das Fenster an Tims Ohren.

Wie passend, dachte Tim. Als wären seine inneren Leiden nicht schon genug Qual für ihn gewesen. Dazu kamen die Äußeren, auch wenn Tim noch nicht genau wusste, was die Diagnosen sagten. Und jetzt auch noch das schlechte Wetter. Schlimmer konnte es eigentlich gar nicht mehr kommen.

Tims Augen richteten sich auf den Stuhl neben seinem Bett. Leer. Was hatte er auch anderes erwartet.

Die Tür ging auf und eine Schwester brachte ein Tablett mit Frühstück darauf. „Guten Morgen", rief sie gut gelaunt, stellte Tim das Essen auf einen aufklappbaren Tisch und wünschte dem Jungen einen guten Appetit.

Misstrauisch hob Tim die Haube von seinem Teller. Darunter lagen zwei Scheiben Brot, je eine Scheibe Käse und Wurst, ein Päckchen mit Marmelade und ein Stück Butter. Mit dem daneben liegenden Messer bestrich sich Tim die Brote und freute sich, dass seine Hände und Arme so gut wie unversehrt waren. Wenigstens konnte er sie benutzen, um sich sein Essen selbst zu machen. Es wäre die Spitze des Eisberges gewesen, wenn Tim so hilflos gewesen wäre, dass ihn andere Leute hätten füttern müssen.

Tim verspürte keinen großen Hunger und doch aß er, weil er nicht wusste, wann genau er seine letzte Mahlzeit eingenommen hatte.

Danach bekam er Durst und suchte auf seinem Nachttisch nach Wasser. Glücklicherweise standen dort eine Flasche und ein Glas. Mit zitternden Fingern goss er sich Wasser ein und leerte das Glas in einem Zug. Wie gut das tat.

Trotzdem fühlte sich Tim nach dem Frühstück leer. Verloren und Einsam. Wie konnte es sein, dass er niemandem etwas bedeutete. War er so ein abstoßendes Monster, eine schreckliche Kreatur, bei der die Menschen froh waren, wenn sie verschwand?

Nicht einmal seine beste Freundin, oder besser gesagt, seine vermeintlich beste Freundin stand ihm bei.

Der Frust stieg in dem Jungen immer weiter an. Er war neidisch auf all diejenigen, die sich mit Freunden spickten und sich aussuchen konnten, wem sie den Vorzug gaben.

In seinem Ärger brauchte Tim irgendein Ventil, um seine aufgestauten Ventile abzulassen. Er war schon fast soweit, eine Schwester zu rufen, nur damit er sie anschreien und für seine Situation verantwortlich machen konnte, als sein Blick auf einen Kugelschreiber neben der Wasserflasche fiel. Irgendwer musste ihn dort liegen gelassen haben.

Jetzt brauchte er nur noch etwas, wo er drauf herum kritzeln konnte. Da, die Serviette. Die Schwester hatte sie dazugelegt, eigentlich dazu gedacht, dass er sich Finger und Gesicht säubern konnte. Jetzt diente sie, so fand Tim, einem vielfach sinnvolleren Zweck.

Er begann den Kugelschreiber wie wild über die faserige Struktur fahren zu lassen. Als die Vorderseite fast vollständig in blauer Tinte getränkt war, überkam Tim eine neue Idee. Er wendete die Serviette und setzte den Stift auf die frische, jungfräulich weiße Seite.

Die Welt hat sich verändert
Was hab ich noch,
Wer bin ich schon,
Ich wünscht' dass alles endet.

Verlassen von der Frau
Von der Liebe
Die zu spüren
Meine Seele freuen ließ.

Gute Seelen brachten einst
Die Schmerzen zum Verstummen
Von Linderung ich nun
Nicht mehr als träumen kann.

Tränen bahnen ihren Weg
Meine Leiden zeigend
So bleib ich wohl allein
Und ohne Freunde weilend.

Während des letzten Absatzes waren auch Tim die Tränen gekommen. Heiß und feucht rannen sie seine Wangen hinab. Verlassen von der Frau, seiner Mutter.

Verlassen von den guten Seelen, von Lina, die ihm über den Tod seines Vaters hinweggeholfen hatte, nur um ihn jetzt noch tiefer fallen zu lassen.

Womit habe ich das verdient? Weinkrämpfe schüttelten den Jungen. Gleichzeitig zu jedem Ruck, der durch seinen Körper lief, schmerzten Brust und Kopf, als wäre von innen ein Hammer dagegen geschlagen worden.

Tim wollte nichts weiter als schlafen. Er drehte sich auf die Seite und ließ die Proteste unbeachtet, die sein geschundener Körper ihm sandte. Er fühlte sich verloren, allein, einsam und wollte weg. Weg von der Welt, die ihn verstoßen hatte.

Neurologische Ausfallerscheinungen

Zwei einsame Tage verbrachte Tim in seinem Bett. Nichts gab ihm das Gefühl, gemocht oder vermisst zu werden. Die meiste Zeit schlief er, um den Schmerzen zu entkommen, die ihm sein Kopf und seine Rippen bereiteten. Die Ärzte hatten gesagt, dass er einen Schädelbasisbruch erlitten hatte und sich glücklich schätzen könnte, überhaupt noch unter den Lebenden zu weilen. Sie meinten, Tim begriffe überhaupt nicht, wie nah er dem Tod gewesen sei. Wie er sich die Verletzungen denn zugezogen hätte. Mehr als einmal hatten die Ärzte bei Tim nachgehört und versucht herauszufinden, wie sein Schädelknochen brechen konnte. Sie meinten, es könnte nur durch starke Gewalteinwirkung geschehen sein. Ob er einen Unfall gehabt und der Fahrer die Flucht ergriffen hätte. Tim wusste es nicht. Sosehr er sich auch bemühte, er konnte sich an nichts außer den vermeintlichen Kuss mit Lina erinnern.

Ein bitterer Geschmack legte sich auf seine Zunge. Wie hatte sie ihn nur so tief fallen lassen können? Er hatte sich im Himmel gefühlt, einem Vogel gleich, der durch die Lüfte schweben und sich um nichts außer dem eigenen Kurs kümmern musste. Bloß war irgendwann die Luft unter seinen Flügeln verschwunden und Tim war abgestürzt und auf dem Boden zerschellt, nachdem Lina sich nicht um ihn geschert hatte. Der Abgrund, aus dem sich Tim nun emporarbeiten musste, schien unendlich zu sein.

Zu seinen seelischen Qualen gesellten sich seine körperlichen Beschwerden, die Tim einen Großteil der Zeit plagten. Denn neben den Schmerzen verweigerten ihm manche Körperteile den Dienst. Die Ärzte meinten dazu, dass das Schädel-Hirn-Trauma, welches Tim erlitten hatte, dafür verantwortlich wäre. Auch seine Gedächtnislücke führten sie darauf zurück. Wenn er Glück hätte, so meinten sie, würden sich die Symptome nach einiger Zeit geben.

Diese *neurologischen Ausfallerscheinungen*, wie es ganz professionell genannt wurde, gingen Tim gewaltig auf die Nerven. Jedes Mal, wenn er versuchte, auf die Toilette zu gehen, musste er Angst haben, dass seine Beine zwischendurch einknickten und ihn nicht mehr tragen wollten. Glücklicherweise hatte es Tim bisher von Erscheinungen solcher Heftigkeit verschont.

Trotzdem hatte es schon Situationen gegeben, in denen Tim froh gewesen war, dass er keinen Besuch hatte. Letzten Abend wollte er gerade einen Löffel voll Suppe in den Mund nehmen, als sein Arm alle Kraft verloren hatte und der Löffel samt Inhalt auf seinem Nachthemd gelandet war. Rote Tomatensuppenflecken waren natürlich schwer zu übersehen, doch Tim hatte am darauffolgenden Morgen noch einen draufgesetzt, als er seinen morgendlichen Kakao hatte trinken wollen. Wieder auf dem Weg zum Mund waren seine Finger taub geworden und die Tasse verschüttete die gesamte braune Brühe über Brust und Bett. Die Flüche der Schwestern, die die Sauerei hatten wegmachen müssen, klangen Tim immer noch in den Ohren und doch wusste er, dass es nicht seine Schuld war.

Tim griff nach der Fernbedienung und zappte durch die verschiedenen TV-Kanäle. Wenigstens hatte er ein Einzelzimmer und musste sich nicht mit einem Zimmergenossen um das tägliche TV-Programm zanken. Da er nichts bei sich hatte außer dem, was er am Körper trug als er in die Klinik eingeliefert worden war, war der Fernseher das Einzige, das ihn für eine gewisse Zeit beschäftigen konnte. Hauptsächlich schaute Tim Musikvideos. Häufig nutzte er sie als Hilfe um einzuschlafen.

Draußen verdrängten die Schatten die letzten Strahlen der Sonne. Ein leichtes Pfeifen dröhnte durch das Zimmer. Durch die leicht geöffneten Fenster strömte die Luft in schmalen Bahnen hindurch und erzeugte so einen durchgehenden, steten Ton. Tim gefiel das Zwielicht der Abenddämmerung am besten. Das Halbdunkel brach die vorherrschende Sterilität seines Zimmers und der Sonnenuntergang beleuchtete die Wände in angenehmen Rot- und Orangetönen. Er lag da und betrachtete die untergehende Sonne.

Plötzlich öffnete sich die Tür zu seinem Zimmer. Verdutzt drehte er sich langsam auf die andere Seite seines Körpers. Jede Änderung der Lage schmerzte, daher versuchte Tim sich möglichst nicht zu bewegen.

Was wollen die Schwestern denn nun schon wieder? Das Tablett mit seinem dreckigen Abendbesteck hatten sie doch schon abgeräumt und auch seine abendlichen Pillen standen zusammen mit einem Glas und einer Flasche Wasser auf dem Nachttisch.

Als er endlich herumgerollt war, suchte sein Blick neugierig die Tür. Sie stand offen, doch niemand kam herein. Vielleicht nur ein Versehen, überlegte Tim.

Gerade wollte er seinen Kopf wieder in Richtung Fenster drehen, als eine schattige Gestalt im Türrahmen erschien. Tim kniff die Augen zusammen, aber es war nicht zu erkennen, wer es war. Die Gestalt verharrte dort. Tim sah zu dem Stuhl. Er stand immer noch an genau derselben Stelle wie vor einigen Tagen, als er ihn zum ersten Mal bemerkt hatte.

Langsam und mit zögernden Schritten setzte sich der Schatten in der Tür in Bewegung und betrat den Raum. Zaudernd kam sie auf ihn zu. Tim konnte jetzt erkennen, dass es sich um eine Frau handelte, doch ihr Gesicht lag weiterhin im Schatten.

Könnte es sein, dass…? Nein, ausgeschlossen. Das Kapitel war für ihn und für sie abgehakt. Niemals würde sie zu ihm zurückkehren, nicht nachdem, was er zu ihr gesagt hatte.

Und doch stieg ein Funken Hoffnung in Tim auf. Irgendwo, tief in sich spürte er, wie er sich nach seiner Mutter sehnte.

Die Frau hatte sich mittlerweile auf den Stuhl gesetzt. Zwar war ihr Gesicht von in wirren Strähnen herunterfallenden Haaren verdeckt, aber Tim war sich jetzt ganz sicher. Auf dem Stuhl saß seine Mutter. Sie sah erbärmlich aus. Das Haar war so verklebt, als wäre es viele Tage weder gekämmt noch gewaschen worden. Die Schultern hingen mutlos nach vorne und von ihren Klamotten ging ein penetranter und muffiger Geruch aus. Diese Frau, die dort vor ihm saß, war nicht die Mutter, die er kannte. Diese Frau, oder besser gesagt, dieses Wrack, war weniger als ein Schatten ihres alten Ichs.

Die Frau hob eine Hand und strich sich die Strähnen aus dem Gesicht. Verquollene Augen kamen zum Vorschein. Verlaufene Schminke klebte unter den Augen und teilweise auf den Wangen. Alles in ihrem Gesicht war gerötet und gereizt, aufgequollen und verschmiert.

Sie öffnete ihren Mund und rang um Worte. Doch kein einziger Laut entwich ihrem Hals. Die Augen füllten sich mit Tränen und sie begann erneut, salzige Tropfen zu vergießen. Zitternd saß sie da, seine Mutter, ein Haufen Elend an der Seite seines Bettes.

Tim fragte sich, was sie so sehr aufgelöst hatte. Sein Zustand, die Nachricht über seinen Unfall oder was auch immer, konnten es schon mal nicht gewesen sein, davon war er überzeugt. Vielleicht hatte sie ihren Job verloren oder der Alkohol war ihr ausgegangen. Alles erschien Tim plausibler als die Erklärung, dass sie sich plötzlich um ihren Sohn sorgte.

Schließlich beruhigte seine Mutter sich. Nach einem tiefen Atemzug versuchte sie zu sprechen. Nur ein leises Krächzen entrann sich ihrer Kehle, doch für Tim war es genug um seine Kinnlade herunterfallen zu lassen. Gleich darauf zog er sie wieder ein als ein Stich durch seinen Kopf und den demolierten Schädel schoss.

„Es tut mir leid."

Tim glaubte sich verhört zu haben und starrte seine Mutter ungläubig an.

Ihre Stimme festigte sich ein bisschen. „Es tut mir leid. Alles, was ich dir angetan habe. In der letzten Zeit und davor. Es tut mir leid, dass ich dich aus deinem alten Leben herausgerissen habe. Dass ich dir den Kontakt zu allen deinen Freunden verboten und jegliche Verbindung zu deinem alten Leben gekappt habe. Ich wollte das nicht. Ich... es..."

Was war mit seiner Mutter passiert, dass sie sich dermaßen bei ihm entschuldigte? Vielleicht war es ihr endlich bewusst geworden, wie sie sich in den letzten Monaten verhalten hatte. Wie sie sich verändert hatte. Aber nein, es konnte nicht sein. Selbst wenn sie einen kurzen Moment der Reue spüren sollte, reichte es dennoch nicht aus, um Tim für das was er hatte durchleben müssen zu entschädigen.

Nein, ihr würde er niemals vergeben können. Nicht vollständig. Nicht, dass sie seinen Vater in den Tod getrieben hatte.

Mit aufsteigendem Zorn in der Brust versuchte Tim die Seite zu wechseln. Die Schmerzen, die in seiner Brust umher zuckten, bemerkte er fast gar nicht.

Wie schön war es doch, die untergehende Sonne zu beobachten. Lieber war er allein, einsam und verlassen als sich mit jemandem abzugeben, der den Tod seines Vaters zu verantworten hatte. Sie hatte genau gewusst, wie stark ihn eine solche Entscheidung mitnehmen würde. Welche Selbstzweifel seinem Vater kommen würden und wie er reagieren würde. Sie hätte das Risiko erkennen müssen. Sie hätte sich nicht trennen dürfen, hätte dem Job nicht den Vorzug geben dürfen. Sie hätte ihn, seinen Vater und die ganze Familie vor der Zerrüttung bewahren müssen.

Als Tim die Augen öffnete war es tiefe Nacht. Die Sterne waren von Wolken verdeckt. Draußen war alles dunkel, in das tiefe Pechschwarz der Nacht getaucht. Warum war er gerade jetzt wach geworden? Draußen und in seinem Zimmer war alles ruhig. Tim versuchte sich zu erinnern. *Hatte er einen schlechten Traum gehabt, aus dem er aufgefahren war?* Tim fühlte nach seinem Herz auf der Brust und zuckte zusammen, als die Hand den geschundenen Oberkörper berührte. Nein, der Herzschlag ging ruhig, es konnte kein Alptraum gewesen sein. Ein Bild von einem grünen Feld blitzte in seinem Geist auf. Dazu hallten einige Worte wieder. *„Eigentlich weiß sie es besser. Und sie liebt dich mehr als alles andere auf der Welt."* Tim wusste nicht, wer es gesagt hatte. Er wusste auch nicht, woher sie kamen oder warum er sich daran erinnern konnte. Sie waren einfach da und schwirrten in seinem Geist umher. Wer war damit gemeint gewesen? Vielleicht seine Mutter? Sein Kopf zuckte in Richtung Tür und sah seine Mutter eingesunken auf dem Stuhl sitzen. Lang und gleichmäßig ging ihr Atem. Ihr Gesicht hatte sich etwas beruhigt. Zwar waren die schwarzen Schlieren ihrer Schminke immer noch sichtbar und wanden sich wie Schlangen unter ihren Augen, aber im Schlaf wirkte seine Mutter nicht mehr so verletzt, so aufgelöst. Sie tat Tim fast ein biss-chen Leid, wie sie da eingefallen auf ihrem kleinen Stuhl kauerte. Aber auch nur fast.

Waren die Worte auf sie bezogen? Hatte derjenige, der ihm diese Sätze vorgesprochen hatte, damit errei-chen wollen, dass er sie besser verstand oder dass er ihr sogar vergeben könnte?

Möglich war es. Wenn er sich doch bloß erinnern könnte. Seit dem Kuss war alles andere ausgelöscht. Zwischen diesem einen, euphorischen Moment und dem des Erwachens im Krankenhaus fand sich nur ein dumpfer, wabernder, undurchlässiger und in Schmer-zen getränkter Nebel. Wenn er sich doch bloß erinnern könnte…

Tim konnte sich nicht entsinnen, eingeschlafen zu sein. Doch komischerweise leuchtete es taghell in sein Zimmer hinein. Vielleicht träumte er ja gerade. Tim sah zur Seite und erkannte seine Mutter, die immer noch auf dem Stuhl saß.

Stumm betrachtete sie ihn und die Tränen rannen ihr über die Wangen hinab. Es konnte nicht anders sein. Nur ein Traum wäre die Erklärung dafür, dass sich seine Mutter ins Krankenhaus begab, um ihn, ih-ren Sohn zu sehen.

Aber irgendetwas in seinem Inneren sträubte sich gegen diese Annahme. Dann erinnerte er sich, dass seine Mutter schon am Abend zuvor zu ihm gekom-men war. War sie etwa so lange geblieben und hatte darauf gewartet, dass er aufwachte?

Trotz der Worte, die immer noch in seinem Kopf umherhallten, konnte sich Tim das, so sehr er sich auch bemühte, nicht vorstellen. *„Eigentlich weiß sie es besser. Und sie liebt dich mehr als alles andere auf der Welt."* Warum gingen ihm diese Wörter nicht aus dem Kopf? Tim wusste sie nicht zuzuordnen und war sich doch sicher, dass eine vertraute Person sie ihm mitgegeben hatte. Es musste in der Zeit zwischen seinem Unfall und dem Erwachen aus dem Koma geschehen sein. Das aber warf wiederum die Frage auf, wie Tim in seinem Zustand in der Lage gewesen war, die Worte aufzunehmen. Außerdem hatten die Ärzte gesagt, dass es ja häufig dazu kam, dass die Opfer eines Schädel-Hirn-Traumas alles seit dem Unfall vergaßen. Mit etwas Glück konnten die betroffenen Personen ihre Erinnerungen später zurückerlangen, oft blieben sie aber auch komplett verschollen.

„Du bist wach", stellte Tims Mutter glücklich fest. Ihr Blick war noch immer durch einen Tränenschleier getrübt, doch Tim konnte etwas darin erkennen, was er dort nie vermutet und schon für immer verloren geglaubt hatte. Aus den Augen seiner Mutter sprachen Sorge, Glück und Freude darüber, dass ihr Sohn endlich aufgewacht war. Dann fügte sie hinzu: „Das freut mich."

Tim traute seinen Ohren nicht und glaubte sich verhört zu haben. War die Welt völlig verrückt geworden? Was war da mit seiner Mutter geschehen, dass sie sich auf einmal um ihn sorgte?

Tim beschloss, es herauszufinden. Trotzdem blieb er weiterhin skeptisch und erwiderte ihre Begrüßung nur mit einem knappen „Ja."

Seine Mutter rang mit sich, das konnte Tim sehen. Äußerlich und innerlich wanden sich Finger und Gedanken und versuchten auszudrücken, was so schwer zu formulieren war. Schließlich sagte sie: „Ich weiß, dass alles kommt dir falsch vor. Warum sollte ich mich auf einmal wieder um dich sorgen und mich darum scheren wie es dir geht? Ich weiß es selber nicht." Unruhig griffen ihre Hände ineinander und veränderten immer wieder die Position. Seine Mutter rutschte nach rechts und links auf ihrem Stuhl. Tim sah, dass sie sich nicht wohlfühlte. Sie wirkte so schwach, so verletzlich. Ganz anders als die Frau, die er in den letzten Monaten erlebt hatte.

„Ich weiß, dass du mich hasst", fuhr sie fort und sah ihren Sohn verständnisvoll an. „Und das verstehe ich auch. Ich kann es nicht im Geringsten nachvollziehen, was du durchgemacht hast. Aber ich weiß, wie falsch ich mich verhalten habe, ganz besonders dir gegenüber."

Weißt du das wirklich? Fragte Tim sich im Stillen. *Verstehst du es und kannst es nachvollziehen?* Ich glaube dir das nicht. Noch nicht.

So, wie sie daherredete, konnte jede Mutter ankommen nach dem, was passiert war. Vielleicht war ihr das Jugendamt auf den Fersen und sie versuchte nur, irgendwie wieder eine Beziehung zu ihrem Kind herzustellen. Tim behielt seine Überlegungen für sich und ließ seine Mutter fortfahren.

„Ich bitte dich nur, dir das anzuhören, was ich zu sagen habe. Es ist deine Entscheidung, ob du mir noch eine Chance geben willst oder nicht. Aber lass es mich wenigstens versuchen, es dir zu erklären. Ich will damit nicht meine Fehler entschuldigen. Ich weiß, dass mein Verhalten unentschuldbar war. Aber gib mir bitte die Chance zu erklären, was mit mir passiert ist."

Na gut, warum nicht?, dachte sich Tim und neigte als Zeichen seines Einverständnisses leicht den Kopf. Nun wirkte seine Mutter sprachlos. Sie schien überglücklich zu sein, dass ihr Sohn ihr noch eine Chance gab, sich wenigstens zu erklären.

„An dem Abend als du weggelaufen bist, hatte ich getrunken. Vorher etwas und danach noch viel mehr. Die Kopfschmerzen am nächsten Tag haben ihren Tribut gefordert und ich habe mich nicht darum gekümmert, was mit dir war. Ich war betäubt und nicht dazu in der Lage, auch nur irgendeinen klaren Gedanken zu fassen. Ich wusste nur noch, dass du weg warst und dass es mir leid tat. Nicht viel, aber in mir regte sich der Teil meines Gewissens, der nicht betäubt war.

Von deinem Unfall habe ich erst auf der Arbeit erfahren. Ich hatte gerade einen Bericht fertig geschrieben, als mein Chef reinkam und mich fragte, wie es dir denn gehen würde."

Tims Mutter holte tief Luft, wurde trotzdem von einem Weinkrampf geschüttelt und senkte beschämt ihren Blick. „Ich habe ihn gefragt, was er meinte. Ob du schon aus dem Koma erwacht wärest, fragte er. Ich war völlig verwirrt. Mich hatte niemand benachrichtigt. Später fand ich dann heraus, dass es Anrufe gegeben hatte, die ich aufgrund meines Absturzes am Wochenende nicht gehört hatte.

Dann zeigte er mir einen Artikel aus der Zeitung. Es war nur eine kleine Randnotiz. Er hielt sie mir vor die Nase und wedelte damit herum."

Auch seine Mutter zog einen zerknitterten Artikel aus ihrer Tasche und hielt ihn Tim zum Beweis hin.

„In dem Artikel stand, dass in der Nacht von Freitag auf Samstag ein Junge ins Krankenhaus eingeliefert worden wäre. Er habe schwere Verletzungen und läge im Koma.

Ich wusste nicht, warum du es sein solltest, der damit gemeint war, bis mein Chef mir erklärte, dass er angerufen worden sei, als die Ärzte sich bemühten, Kontakt zu mir aufzunehmen. Da du den gleichen Nachnamen hast und es relativ bekannt ist, wo ich arbeite, war das der erste Weg, auf dem die Ärzte versuchten, mich zu erreichen.

Wie es dir denn gehen würde, hatte mein Chef nachgehakt. Ich wusste nicht, was um mich herum passierte und sagte ihm die Wahrheit. *Ich weiß es nicht.*"

Weitere Tränen flossen aus den Augen von Tims Mutter. Sie gab ein armseliges Bild ab, wie sie da auf dem Stuhl kauerte und von ihrem Verhalten berichtete.

Geschieht ihr nur recht. Soll sie spüren, was sie falsch gemacht hat, überlegte Tim. Doch so ganz konnte er sich an ihrem Anblick nicht erfreuen. Ein

Stich des Mitgefühls durchzuckte ihn und er war froh, als sie fortfuhr und weitererzählte.

„Mein Chef war schockiert. Ungläubig hat er mich eine Minute angestarrt und konnte nicht fassen, was ich gesagt hatte. Dann hat er gesagt: ‚Packen Sie Ihre Sachen. Ich will Sie hier so lange nicht mehr sehen, bis ich weiß, dass es Ihrem Kind wieder einigermaßen gut geht. Wenn es an die Öffentlichkeit kommt, dass die eigene Mutter nicht weiß, wie es um ihren Sohn im Koma bestellt ist, haben Sie ein großes Problem und ich als Ihr Arbeitgeber mit Ihnen. Verschwinden Sie!‘

Ich war total perplex und habe alles stehen und liegen gelassen und bin nach Hause gefahren. Da habe ich dann fast die gesamte erste Woche gesessen und nicht gewusst was ich mit mir anfangen soll. Du warst weggelaufen und ich verspürte nicht das Verlangen danach, dich zu sehen. Jeden Abend habe ich meine aufkeimenden Selbstvorwürfe im Alkohol erstickt, doch der war irgendwann leer.

An dem Abend haben sich meine Augen geöffnet. Da ist mir klar geworden, wie schlimm die letzten Wochen und Monate für dich gewesen sein mussten.“

Sie stockte und suchte nach einer Spur von Verständnis in Tims Zügen. Dieser behielt jedoch seine Maskerade bei und verzog keinen Muskel.

„Jedenfalls ist es mir da klar geworden, dass du mir fehlst. Dass du mir die ganze Zeit gefehlt hast und dass ich es nur nicht gemerkt habe. Ich bin dann direkt hierher gefahren und habe dich da liegen sehen. Ich habe mich nicht rein getraut und wusste nicht, wie du reagieren würdest, wenn du aufwachst. Deswegen bin ich dann wieder gefahren."

Tim beschloss bei den Schwestern nachzuhören, ob seine Mutter wirklich bei ihm gewesen war, als er im Koma gelegen hatte.

„In der nächsten Zeit warst du die einzige Sorge in meinem Kopf. Dadurch, dass die Arbeit und der Stress, der damit einherging, verdrängt wurden, klärte sich meine Sicht auf die Dinge. Ich habe gesehen, dass die Arbeit meinen Geist beherrscht hatte und dass ich in vielen Situationen so reagiert habe wie ich es tat, weil ich unter Stress stand und dem Ganzen nicht gewachsen war.

Als ich das erkannt hatte, habe ich mich nur noch für mich selbst geschämt. Es war mir peinlich, mich im Spiegel anzusehen, der Frau ins Gesicht zu blicken, welches ihr eigenes Kind aus dem Haus vergrault hatte. Deswegen war ich auch die letzten beiden Tage nicht bei dir. Ich habe mich zu stark geschämt und konnte dir nicht unter die Augen treten. Auch nicht, als mich der Anruf erreichte, dass du aufgewacht seist."

Das, was Tim da gehört hatte, gab ihm zu denken. Es klang schlüssig und er sah keine Widersprüche. Außerdem sehnte er sich nach jemandem, der ihn unterstützte und ihm half, sein Leben wieder zu ordnen.

Dann griff seine Mutter erneut in ihre Tasche und zog das schwarze Buch seines Vaters heraus. Tim erwartete fast schon eine Schimpftirade, die darin gipfeln würde, dass das Buch aus dem Fenster flog, doch seine Mutter reichte es ihm mit einem angedeuteten Lächeln.

„Ich glaube, ich kann jetzt verstehen, wie sehr du deinen Vater vermisst. Ein bisschen zumindest."

Tim konnte nicht glauben, dass seine Mutter ruhig geblieben war und ihm das Buch sogar gegeben hatte. Vielleicht hatte sie sich ja wirklich geändert. Glücklich nahm Tim das Buch entgegen und blätterte es flüchtig durch. Bei dem Bild mit dem Kornfeld hielt er an und schlug es komplett auf. Die Worte *Felder aus Gold* fielen Tim ins Auge.

Dann erinnerte er sich. Dass er einen Traum gehabt hatte, in dem er auf einem Feld stand, bis die Sonne alles in goldenes Licht tauchte. Und dass sein Vater ihm gesagt hatte, dass seine Mutter ihn eigentlich liebe. Sein Vater, dem er immer vertraut hatte und der ihn niemals enttäuscht hatte.

Mit leiser Stimme sagte Tim: „Ich bin froh, dass du hier bist."

Es war ungewohnt, jemanden zu haben der sich plötzlich um einen kümmerte. Das Gefühl war Tim fremd geworden in der Zeit, wo er sich ausschließlich um sich selbst hatte kümmern müssen. Seine Mutter brachte ihm frische Wäsche ins Krankenhaus, so dass er endlich aus dem verfluchten OP-Hemd entkommen konnte, in dem er die ganze Zeit gelegen hatte. Süßigkeiten, Früchte und Säfte fanden sich auf seinem Nachttisch wieder, wenn seine Mutter ihn besuchte. Trotz des neuen zarten Bandes, das sie untereinander zu knüpfen versuchten, behielt Tim einen kleinen Rest Skepsis in sich. Vielleicht würde sich das mit der Zeit legen. Doch Tim konnte nicht so tun, als ob es die Kluft zwischen ihm und seiner Mutter nie gegeben hatte. Er merkte, wie sie sich mehr und mehr schloss, und doch blieb immer ein kleiner Spalt bestehen, der ihn von ihr trennte.

Tims Heilung schritt gut voran und die Aussetzer seiner Gliedmaßen wurden weniger. Bald traute er sich, einige Schritte zu gehen ohne Angst zu haben, gleich hinzufallen.

Seine Mutter sorgte sich rührend um ihn, half Tim bei allem, wo er auch nur eventuell Hilfe gebrauchen könnte. Es war vielleicht sogar etwas zu viel des Guten. Zeitweise fühlte er sich eingeengt und erdrückt von der Zuneigung seiner Mutter. Er wusste, oder glaubte zumindest, dass sie es nur gut meinte und verzieh es ihr darum.

Manchmal fühlte sich Tim unbeschreiblich müde und schlief mitten im Gespräch ein. Es war ihm peinlich und er war froh, dass es nur seine Mutter war, die das mitbekam. Tim konnte es sich selbst nicht erklären. Die Trägheit überkam ihn von einem Moment zum anderen und machte es ihm schwer, sich ihr zu widersetzen.

„Nachwirkungen des Komas", meinten die Ärzte. Tim vertraute ihnen und hoffte, dass sie ihr Bestes gaben, um ihn wieder voll genesen zu lassen.

Mitten am Tag unterhielt sich Tim gerade mit seiner Mutter. Sie fragte ihn über alles aus, was sich in den letzten Monaten ereignet hatte. Er erzählte ihr das, was er meinte preisgeben zu können. Dabei versuchte er das Thema Lina auszulassen um den unangenehmen Fragen zu entgehen, die darauf bestimmt folgen würden.

„Ich freue mich, dass du hier Freunde gefunden hast.", sagte seine Mutter gerade. „Ja, wir haben viel gemacht, wir waren am See und Shoppen und die ganzen Dinge, die man halt so macht."

„Shoppen?", fragte sie verdutzt. „Du hattest doch gar kein Geld. Mit dem Bisschen, was ich dir gegeben habe, was mir im Nachhinein übrigens furchtbar leid tut, konntest du dir doch kaum etwas leisten."

„Ich habe gespart.", meinte Tim. „Die ganzen Monate habe ich fast nichts ausgegeben."

„Tut mir leid", erwiderte seine Mutter darauf. „Ich verspreche dir, dass du nicht mehr sparen musst."

Plötzlich fühlte Tim, wie er sich immer schlapper fühlte und schnell ins Reich der Träume abglitt. Es war schön, denn er fühlte sich so entsetzlich müde und war froh, dass ihn die kommende Dunkelheit so freundlich empfing.

Als er wieder aufwachte stand seine Mutter neben dem Bett. In der Hand hielt sie die Serviette, auf die Tim das Gedicht geschrieben hatte. Sie zitterte, jedoch nicht vor Zorn, sondern vor Kummer und Trauer. Als sie sah, dass er wach war, beugte sich seine Mutter zu ihm herab und nahm Tim in den Arm. Die Umarmung schmerzte, weil ihre Schultern auf seine geprellten und gebrochenen Rippen drückten, aber es war aushaltbar und so ließ er sie gewähren. „Ich wusste, dass du dich alleine gefühlt hast. Ich habe mir Vorwürfe gemacht, dass ich nicht immer bei dir war. Und das tut mir leid. Aber das weißt du ja schon.", flüsterte sie. „Trotzdem ist es etwas anderes, meine Gedanken und Befürchtungen hier schwarz auf weiß aufgeschrieben zu sehen. Es zerreißt mir das Herz, wenn ich es lese und es tut mir leid. Ich weiß, dass ich das nie wieder gut machen kann."

Sie löste die Umarmung und ein immenser Druck fiel von Tims Brust. Er brauchte einige Atemzüge, bis er sprechen konnte. Aber seine Mutter fuhr fort und jetzt schwang Stolz in ihrer Stimme mit.

„Ich wusste gar nicht, dass du so gut schreiben kannst. Wo hast du das gelernt? Ich konnte das nie, aber dein Gedicht hat mich berührt. Dein Vater…"

Ihre Stimme brach ab und sie verlor sich in Gedanken, dorthin, wo Tim ihr nicht folgen konnte.

Nach einer gefühlten halben Ewigkeit sammelte Tims Mutter ihre Gedanken und verabschiedete sich von ihrem Sohn. Es war früher Nachmittag und sie musste noch einige Dinge erledigen. Vorher hatte sie sich jedoch gewissenhaft bei Tim danach erkundigt, ob das für ihn auch in Ordnung ginge. Tim war es ganz recht, alleine zu sein und seine Gedanken sortieren zu können.

Es überraschte ihn, dass der Gedanke an seinen Vater seine Mutter sosehr aus der Bahn geworfen hatte. Bisher hatte es so ausgesehen, als ob er ihr wirklich egal gewesen war und alles was mit ihm zu tun hatte ihr nur zur Last gefallen war. Tim hatte es nicht geglaubt, dass Gedanken an seinen Vater bei ihr immer noch so starke Reaktionen hervorrufen könnte.

Sie hatte nur ihre Fehler erkennen und den Schutzschild, mit dem sie sich umgab, ablegen müssen. Jetzt war sie wieder der freundliche Mensch, den er früher gekannt hatte.

An der Tür zu seinem Zimmer klopfte es. „Ja?", rief Tim. Wahrscheinlich wollte irgendeine Schwester nach dem Rechten sehen. Ihm fiel auf, dass es erst früher Nachmittag war und dass die Sonne ausnahmsweise einmal wieder schien. Im Zimmer war es warm und stickig.

„Könnten Sie bitte…", begann Tim, doch dann unterbrach er sich. Es war keine Schwester, die die Tür geöffnet hatte. Dieses Mal behinderten keine Schatten die Sicht auf die Person im Durchgang. Klar und golden fiel das lange blonde Haar über die Schultern. Er war geblendet von ihrer Schönheit. Eigentlich wollte er es nicht, aber Tim spürte, wie die Gefühle wieder in ihm hochkochten. Dieses Mädchen war alles gewesen, was er in den letzten Monaten gehabt hatte. Auch wenn sie ihn in den letzten Tagen im Stich gelassen hatte, war es nicht möglich, seine Gefühle komplett zu verdrängen.

„Darf ich reinkommen?" fragte Lina ihn. Sie sah schüchtern aus und wusste nicht, was sie tun sollte.

Als Tim nickte und sie hereinbat, quietschten die Sohlen ihrer weißen Schuhe über den Boden. „Könntest du vielleicht das Fenster aufmachen?", bat Tim sie schnell. Auch wenn Lina keine Schwester war, konnte sie sich doch besser bewegen als er. „Hier stinkt's!"

Sie ging zum Fenster und öffnete es. Augenblicklich strömte frische, kühle Herbstluft durch das Zimmer. Der entstandene Luftstrom ließ die Blätter des Blumenstraußes zittern, den seine Mutter ihm heute mitgebracht hatte.

Auch Linas Haare hoben sich von ihren Schultern und wehten durcheinander. Als sie etwas gefunden hatte, dass Lina zwischen Fenster und Rahmen klemmen konnte um das Fenster offen zu halten, setzte sie sich auf die Bettkante.

Lina sah Tim nur an, blickte ihm direkt in die Augen. Sie begannen zu schimmern, wurden dann feucht und schließlich rannen ihr Tränen über das hübsche Gesicht.

„Ich wollte das nicht", brachte sie hervor. „Es war alles so schrecklich! Das, was passiert ist. Und das alles nur wegen mir."

Mit geschlossenen Augen sank Linas Kopf auf Tims Bauch. Als sie ihn dort ablegte, musste Tim scharf Luft einziehen, da sie eine schmerzende Stelle an seiner Brust getroffen hatte.

Erschrocken fuhr Lina hoch. „Oh nein, habe ich dir wehgetan?" Wieder füllten sich die Augen mit Tränen. „Alles mache ich nur noch schlimmer. Ich sollte gehen und dich in Ruhe lassen und…"

„Nein, bitte nicht", unterbrach Tim sie. „Bitte bleib. Du konntest das ja nicht wissen, dass mir meine Brust genau an der Stelle wehtut."

Dann kam ihm ein Gedanke. Lina wusste, was passiert war. Sie gab sich an allem die Schuld, daher musste sie mitbekommen haben, was geschehen war.

Und sie musste tiefer mit drin stecken als er angenommen hatte. Bevor nicht alles geklärt war, würde Tim ihr nicht mehr hundertprozentig vertrauen können. Seine Gefühle streikten gegen diese Erkenntnis und wollten sich gegen die Entscheidung auflehnen, aber dieses eine Mal siegte die Vernunft.

Tim wollte nicht zu forsch klingen. Bis er sich die richtigen Worte zurechtgelegt hatte, war die Sonne weiter nach Westen gewandert. Lina saß einfach nur da. Sie sagte nichts, wusste nicht was und regte sich nicht, aus Angst, Tim noch einmal wehzutun.

Sie sah immer noch hübsch aus. Aber dass sie so traurig auf seiner Bettkante hing, tat Tim in der Seele weh. Trotzdem konnte er sich nicht davon losreißen, Lina nach dem Geschehenen und allem, was dazugehörte, zu fragen. Schließlich fasste Tim sich ein Herz und fragte: „Kannst du es mir erklären?"

Er versuchte, keine Gefühle in der Frage mitschwingen zu lassen, doch das gelang nicht. Die Enttäuschung saß zu tief, als dass sie einfach ignoriert werden konnte. Tim wollte Lina nicht kränken oder verletzen mit dem, was er sagte, aber einmal ausgesprochen war Tim froh, es gesagt zu haben.

Glücklicherweise schien Lina seine Frage erwartet zu haben und wirkte nicht noch zerbrechlicher. Sie hob den Blick und sah ihn an. „Ich kann es versuchen", begann Lina „Aber um das alles zu verstehen, muss ich etwas weiter ausholen."

„Solange ich es dann verstehe", meinte Tim mit einem ermutigenden Lächeln und wartete gespannt auf das, was er zu hören bekommen würde.

„Ein Jahr, bevor du hergekommen bist, ist ein anderer Junge in meine Nachbarschaft gezogen. Auch seine Eltern hatten sich getrennt, aber er hatte die Möglichkeit mit beiden in Kontakt zu bleiben. Dadurch, dass sein Vater seine Mutter betrogen hatte, war diese am Boden zerstört gewesen und hatte sich nicht mehr um den Jungen gekümmert. Sein Name war Mark. Er hatte Schwierigkeiten, mit der Situation klarzukommen und ließ seine aufgestaute Wut an anderen ab. Irgendwann habe ich ihn durch Zufall getroffen. Mit seiner lässigen und coolen Gangster-Art hatte er sich viele Freunde gemacht und nur wenige wollten sich mit ihm anlegen.

Meine Eltern hatten mir von ihm erzählt und er tat mir leid. Außerdem fand ich sein Verhalten damals irgendwie cool und ich habe angefangen, mit ihm abzuhängen. Auf einer seiner Partys sind wir uns dann näher gekommen und haben uns geküsst. Danach waren wir zusammen. Die erste Zeit ging es auch gut. Mir gegenüber verhielt er sich immer freundlich und war lieb und nett. Ich habe angefangen zu glauben, dass sein Verhalten nur ein Ausdruck der fehlenden Zuneigung war und habe mich weiter mit ihm getroffen. Da sind die Schwierigkeiten losgegangen. Er hat mich für sich alleine beansprucht und versucht, mich von allen anderen zu isolieren. Die erste Zeit habe ich aus Mitleid mit ihm mitgemacht, aber irgendwann, ungefähr einen Monat bevor ich dich getroffen habe, habe ich mit ihm Schluss gemacht."

Sie unterbrach sich und schluckte. „Mark war dermaßen sauer, dass er mich geschlagen hat, als ich es ihm sagte. Daraufhin habe ich den Kontakt zu ihm abgebrochen, obwohl ich ihm eigentlich als gute Freundin weiterhin helfen wollte.

Als ich dich getroffen habe, kam er wieder an und hat sich bei mir entschuldigt. Er war so überzeugend und ich war zu gutgläubig. Darum habe ich ihm noch eine zweite Chance gegeben. Es ging wieder am Anfang gut und ich hoffte, dass Mark sich wirklich geändert hatte. Hatte er aber nicht. Derselbe Mist fing von vorne an. Als ich mich mehr mit dir getroffen habe, hat er mich ausspioniert und versucht zu überwachen. Wenn ich mich nicht gemeldet habe, wenn er mich anrief, wurde er beim nächsten Mal wütend und beleidigte mich. So war das auch als wir Sachen für dein Zimmer gekauft haben."

Tim erinnerte sich. Lina war anders als sonst gewesen. Sie hatte bedrückt gewirkt, als ob ihr irgendwas auf der Seele läge.

„Naja, auf jeden Fall war es mir dann genug und ich habe endgültig mit ihm Schluss gemacht. Er wusste, dass ich mich mit einem anderen Jungen, mit dir, treffe und war eifersüchtig. Darum hat er mich ständig beobachtet oder beobachten lassen.

Als du mich für den Ball abgeholt hast, hat er uns aus einem Fenster zusammen weggehen gesehen. Danach hat er seine Freunde angerufen und darauf gewartet, dass wir zurückkommen."

Den letzten Teil hatte Tim aufmerksamer verfolgt als das, was Lina vorher gesagt hatte. Es klang einleuchtend, auch wenn er nicht verstand, wie sie sich mit so einem Typen abgeben konnte. Tim verstand außerdem nicht, wie Lina gewusst haben konnte, dass dieser Mark auf ihre Rückkehr gewartet hatte.

„Dann haben sie dich verprügelt, als du versucht hast, mich zu beschützen. Mark wollte mir nichts tun, er wollte dich nur reizen und provozieren. Ich wollte dir helfen, aber sie haben mich festgehalten und ich konnte nichts machen. Ich habe Mark angefleht, dass er dich in Ruhe lassen soll, aber er hat nicht von dir abgelassen. Erst, als er gegen deinen Kopf getreten und es knacken gehört hatte, hat er Panik bekommen und ist mit seinen Kumpels weggerannt. Ich habe direkt den Notarzt gerufen und glücklicherweise konnten sie dich retten."

Lina machte eine Pause und sah traurig zu Tim. Ihre blauen Augen schwammen wieder in Tränen. Dieses Mal konnte Lina sie jedoch zurückhalten.

„Aber das erklärt immer noch nicht, woher du weißt, warum dieser Mark das gemacht hat", hakte Tim nach. Er wollte die ganze Wahrheit und nicht nur einen Teil.

„Einige Tage nachdem du ins Krankenhaus gebracht wurdest, habe ich einen Brief in meiner Post gefunden. Es war Marks Handschrift und er entschuldigte sich für alles, was er getan hatte. Er schrieb, dass er sich freiwillig der Polizei gestellt hatte und dass ihm alles schrecklich leid tat. Darin stand auch", fügte Lina letztlich hinzu, „dass, wenn er mich nicht haben könnte, er nicht wollte, dass mich irgendwer bekam. Für ihn war ich immer noch ein Besitz wie ein Schatz, den er mit niemandem teilen wollte."

Das klang logisch. Tim wollte ihr glauben, alle seine Zweifel beiseiteschieben und da weitermachen, wo sie aufgehört hatten. Aber er brauchte Zeit. Zeit, sich an das Gehörte zu gewöhnen und es zu verarbeiten. Zeit, die Situation deren Grund er jetzt kannte, hinter sich zu lassen.

„Ich denke, du willst mich nie wieder sehen. Und ich an deiner Stelle würde genauso handeln. Von einem Mädchen belogen worden zu sein, das sich dein Vertrauen erarbeitet hat, würde jeden so entscheiden lassen. Lebwohl Tim."

Die letzten Worte waren kaum verständlich gewesen. Lina musste wieder angefangen haben zu weinen. Sie packte sich ihre Tasche und stürmte zur Tür. Das kam für Tim so überraschend, dass er im ersten Moment perplex da saß und sich wunderte. Dann holte Tim jedoch tief Luft und ließ die Schmerzen in seiner Brust dabei außer Acht. „Lina, warte! Komm zurück!"

Sie war schon aus dem Zimmer gelaufen und hatte die Türe offen stehen gelassen. Draußen war es ruhig, keine Schritte tönten über den Gang.

Sie ist weg, dachte Tim. *Weg, und kommt nie wieder zurück. Das einzige Mädchen, was mich verstanden hat. Meine einzige Freundin hier, weg und für immer verloren.*

In seiner Verzweiflung schrie Tim auf und hieb mit der Faust auf den Nachttisch, dass Glas und Flasche aneinanderstießen und laut klirrten. Seine erste Liebe, verschwunden, weggelaufen vor seiner Unfähigkeit, ihr zu vergeben. Dabei brauchte er sie. Egal was sie ihm gesagt oder nicht gesagt hatte. Tim brauchte Lina wie ein Fisch das Wasser, wie eine Blume die Sonnenstrahlen.

Leise raschelte es an der Tür. Lina stand wieder dort. Sie hatte ihn doch gehört. Jetzt hatte Tim eine letzte Chance, sie am Weglaufen zu hindern. „Ich will nicht, dass du gehst. Ich möchte dich bei mir haben. Du hast mir so viel gegeben. Das kann kein Geheimnis überdecken. Bitte bleib."

Als sie sich nicht umwandte und das Zimmer verließ, sondern glücklich lächelnd auf Tims Bett zukam, ging in Tim die Sonne auf. Ihm wurde warm und er wusste, dass er das Richtige getan hatte. Dann sah er nur noch Gold, als Lina ihre Arme behutsam um ihn legte und ihren Kopf an seine Wange presste. „Danke, danke!", hörte Tim es neben seinem Ohr. Etwas Flüssiges lief seine Wange hinab und er fing es mit der Zunge auf. Salzig. Doch es waren nicht Tims Tränen, die da flossen. Es war Lina. Dieses Mal jedoch weinte sie nicht aus Kummer, sondern vor Freude.

Alles Gute

Tim sehnte sich danach, endlich entlassen zu werden. Die Tage in der Klinik wurden trotz der täglichen Besuche seiner Mutter und Lina immer langweiliger und verliefen nach dem gleichen Muster. Zwar konnte Tim bei fortschreitender Genesung mehrere Ausflüge in den Krankenhauspark unternehmen, doch irgendwann kannte er jeden der Pfade auswendig und war die trockenen Blätter auf den Wegen leid.

Daher freute sich Tim ungeheuerlich, als der Chefarzt ihm verkündete, dass er am nächsten Tag die Klinik verlassen dürfte. Durch seinen langen Aufenthalt im Krankenhaus hatte er sämtliches Zeitgefühl verloren und kam mit den Wochentagen zunehmend durcheinander.

So stieg Tim am nächsten Tag ins Auto seiner Mutter, um nach Hause zu fahren. Er saß vorne auf dem Beifahrersitz und sah aus dem Fenster nach draußen. Wie schön es doch war, endlich wieder etwas Anderes zu sehen als das Bild, was ihm sein Krankenhausfenster geboten hatte.

Irgendwann bog seine Mutter ab und fuhr auf die Autobahn. Tim blickte sie verdutzt an. Das war eigentlich nicht der Weg, den sie hätten nehmen müssen. „Wo fahren wir hin?", fragte er. Im selben Moment kam auf dem Rücksitz ein blonder Schopf zum Vorschein. Lina saß hinten und grinste ihn an. „Hey, alles klar?"

Tims Verwunderung wuchs noch mehr als er sie sah. Ihm musste das Erstaunen auf dem Gesicht abzulesen gewesen sein, denn seine Mutter wandte sich an Lina und sagte fröhlich: „Er hat wirklich keine Ahnung, was heute ist."

Vergnügt meinte Lina: „Du hast aber auch alles vergessen. Heute ist dein Geburtstag. Alles alles Gute!"

Jetzt wo die beiden Frauen es sagten, dämmerte es in Tims Gedächtnis. Es stimmte. Als dann auch noch die Nachrichten im Radio das Datum nannten, hatte Tim Gewissheit.

„Aber wo fahren wir hin?", warf er die Frage in den Raum und hoffte, von irgendwem eine Antwort zu bekommen. Aber das Einzige, was Tim zu hören bekam, war verschwörerisches Gekicher seiner beiden weiblichen Begleiter. Irgendwann sagte seine Mutter: „Das ist die Überraschung."

Während der nächsten paar Stunden fuhren die drei dem für Tim unbekannten Ziel entgegen. Die Sonne stand schon hoch am Himmel als das Auto schließlich langsamer wurde und auf einem Parkplatz zum Stehen kam. Als Tim die Tür öffnete und seine Füße knirschend auf den mit Kieseln bedeckten Boden traten, erinnerte sich Tim.

Das Auto parkte vor einer mannshohen Hecke. Die meisten Blätter waren auch hier schon verwelkt und lagen in kleinen Häufchen auf dem Boden. Zweige stachen in die Luft und gaben nur wenig von dem frei, was dahinter zu sehen war.

Die Tür hinter Tim öffnete sich und Lina stieg aus dem Wagen. Einen Moment stand sie still und sah sich um, dann nahm sie Tim an der Hand und führte ihn zu einem kleinen versteckten Tor. Es stand einen Spalt breit offen und Tim griff mit seinen Fingern nach der Kante. Quietschend öffnete es sich und enthüllte einen langen Pfad, der zwischen Hecken und hohen Büschen hindurchführte. Tim trat ein, immer noch Linas Hand haltend. Mit langsamen Schritten gingen die zwei über den Kies und folgten dem Weg. Je weiter sie sich vom Tor entfernten, desto gewisser wurde sich Tim, dass sie auf dem Friedhof waren, wo sein Vater beerdigt lag.

Der Weg führte um einen besonders hohen und breiten Strauch, dann stand Tim vor einem riesigen Baum. Auch dieser war fast ohne Laub, nur ein einzelnes Blatt behauptete sich noch an einem herabhängenden Ast. Es war, als zeigte der Baum Tim mit dem Blatt die Richtung, in die Tim schauen sollte. Er folgte der Aufforderung. Sein Blick wanderte über eine kleine Wiese und blieb an einem Baum auf der anderen Seite hängen. Er ließ Linas Hand los und ging mit schnelleren Schritten über das Gras. Das herabgefallene Laub unter seinen Füßen raschelte und auf den Schuhen bildeten sich feuchte Flecken durch das nasse Gras. Schließlich rannte Tim fast, bis er vor dem kleinen, viereckigen Stein auf dem Boden zum Stehen kam. Auch hier bedeckte Laub fast die gesamte Fläche.

Tim ging in die Knie und hockte sich auf seine Fersen. Mit einer Hand strich er über die gefallenen

Blätter und schob sie zur Seite. Nach und nach legte er so eine große Platte aus schwarzem Marmor frei. Ein geschwungener Schriftzug zierte das Grab. Darunter stand der Name seines Vaters.

Tim ließ seinen Emotionen freien Lauf und kümmerte sich nicht darum, ob Lina oder jemand anderes ihn beobachtete. Erst flossen die Tränen aus Trauer und rannen warm seine Wangen herunter. Wie gerne hätte er ihn noch einmal, ein letztes Mal, in den Arm genommen und ihm gesagt, wie gerne er seinen Vater hatte, wie sehr er ihn liebte und wie sehr Tim ihn vermisste.

Dann aber dachte Tim wieder an den Traum, den er während seines Komas gehabt hatte. Er hatte seinen Vater gesehen und sich von ihm verabschiedet. Er hatte ihn in den Arm genommen. Und Tim besaß Erinnerungen an ihn. Erinnerungen, die ihm niemand nehmen konnte. Alle gemeinsam gesammelt in dem Buch mit schwarzem Einband und in seinem Herzen.

Langsam richtete sich Tim auf. Die Tränen waren versiegt und einem gequälten Ausdruck auf seinem Gesicht gewichen.

Hinter sich hörte Tim Schritte und drehte den Kopf. Lina stand zwei Meter hinter ihm und schaute Tim schweigend an. Verständnisvoll trat sie an ihn heran und legte einen Arm auf seine Schulter. Tim seinerseits zog sie zu sich heran und drückte Lina fest an sich. Sanft strich ihre Hand über seinen Rücken und verscheuchte das letzte Bisschen Trauer aus Tims Gedanken. Ihre Finger berührten seine und schlossen sich fest darum. Zeit zu gehen. „Tschüss Papa. Ich habe dich lieb. Für immer."

Lina führte Tim den Weg entlang, bis sie zu einem kleinen Pavillon gelangten. Efeu rankte sich an den Streben empor und verdeckte den größten Teil des Metalls. Dort blieben sie stehen und sahen sich in die Augen.

„Danke", sagte Tim. An einem Pfosten war außer den grünen Efeublättern noch etwas Anderes gewachsen. Tim sah genauer hin und erkannte eine rote Rose. Widerspenstig klammerte sie sich in die Verstrebungen und versuchte dem nahenden Winter und der Kälte zu trotzen. Diese Rose musste etwas bedeuten. Tim war sich sicher, dass sein Vater ihm ein Zeichen gesandt hatte.

Dann beugte er seinen Kopf vor und drückte seine Lippen auf Linas. Überrascht erwiderte sie den Kuss. Ein Feuerwerk explodierte in Tim und löschte seine Trübsal. Er hatte es nicht so schön in Erinnerung gehabt. Es war anders als damals. Tim hatte kein schlechtes Gewissen, keine Angst, nichts, worum er sich sorgen musste. Leidenschaftlich gab er sich ganz den Gefühlen für Lina hin. Seine Finger streichelten ihre Wange und strichen die Haare aus ihrem Gesicht.

Tim wollte nicht, dass sie sich voneinander trennten. Er spürte die Gefühle für Lina in jedem Teil seines Körpers und hoffte, dass dieser Moment für immer dauern möge.

Irgendwann aber lösten sie sich voneinander. Aus Linas Gesicht sprachen ihre Gefühle für ihn. Und Tim erkannte Dankbarkeit. Lina dankte es Tim zutiefst, dass er ihr vergeben hatte. Hiermit, mit dieser Aktion, die er begonnen hatte, hatte Tim Lina ihren Fehler vollständig verziehen. Jetzt gab es keinen Groll mehr, nicht den kleinsten Grund, der sie daran hinderte, zusammen zu sein.

Hand in Hand schritten sie glücklich zurück in Richtung Ausgang. Auf halbem Weg brachen die Wolken auf und die Sonne kam für einen kurzen Moment hervor. Die beiden wurden ins Licht getaucht und blieben stehen. Tim blickte nach oben. In dem Loch glaubte er, die Umrisse des Gesichtes seines Vaters zu erkennen.

Tim war sich sicher, dass dieser kurze Wolkenbruch nicht zufällig geschehen war. Sein Vater war noch da. Er war nicht tot, nicht vollkommen. Irgendwo dort oben lebte er weiter und wachte über seinen Sohn.

Und jetzt hat er uns seinen Segen gegeben, dachte sich Tim, bevor er einen Arm um Linas Schulter legte und mit ihr zum Tor ging.

Nach dem Tod seines Vaters hatte Tim geglaubt, dass kein kommender Geburtstag an seine letzte gemeinsame Familienfeier ein Jahr zuvor heranreichen könnte. Aber nach dem gemeinsamen Vormittag mit Lina auf dem Friedhof änderte Tim seine Meinung zumindest soweit, dass er den heutigen Tag als gleichwertig betrachtete. Seinen Vater konnte ihm niemand ersetzen. Aber zum ersten Mal seit der Trennung seiner Eltern herrschte in Tims Familie wieder so etwas wie Harmonie. Lina hatte dazu den entscheidenden

Beitrag geleistet. Und sie war der Grund, warum es einer seiner schönsten Geburtstage war.

Die gesamte Rückfahrt lang saßen Tim und Lina Arm in Arm auf der Rückbank. Lina döste nach einiger Zeit ein und ihr Kopf fiel sachte gegen Tims Schulter. Die langen Haare kitzelten in seiner Nase und er zuckte mehrfach mit den Nasenflügeln, bis ihre Spitzen sich aus seinem Gesicht gelöst hatten. Dann tätschelte er ihren Kopf und ließ seine linke Wange gegen ihren Kopf sinken und schloss ebenfalls die Augen.

Als er wieder aufwachte, parkte Tims Mutter gerade vor ihrem Haus und schaltete den Motor ab. Die sanften Vibrationen unter den Sitzen endeten und das Auto stand still. Ein Gewicht hob sich von Tims Schulter und Lina richtete sich auf. Müde blinzelte sie mit den Augen und schaute sich verwirrt um. Aber die Gegenwart von Tim und ein Blick in sein Gesicht zauberte ein Lächeln auf ihre Züge.

Sie gingen ins Haus und huschten direkt in Tims Zimmer. Es sah anders aus. Anders als das, was er in Erinnerung behalten hatte und wie es vorher gewesen war. Draußen hatte ein nasser Regen eingesetzt und trommelte gleichmäßig gegen das Fenster. Der letzte Rest fahlen Lichts des grauen Abends warf lange Schatten auf sein Bett und die Schränke, Kommoden und Tische. Und doch war Tims Zimmer trotz des beengenden Zwielichts freundlicher als sonst.

Wahrscheinlich lag es an dem Mädchen, das gemeinsam mit ihm hereingekommen war. Ihre goldblonden Haare strahlten wie eine Sonne und ersetzten so das fehlende Tageslicht und die mangelnde Freundlichkeit im Zimmer. Aus blauen, glitzerndcn Augen strahlte Lina Tim an. Ihre Finger griffen nach seiner Hand und zogen ihn vollständig in den Raum hinein. Sie drehte sich ganz zu ihm um und ihr Mund zeigte ein zufriedenes Grinsen. „Ich hoffe, es gefällt dir", meinte sie und zwinkerte.

Erst jetzt merkte Tim, dass die schönen bunten Gegenstände, die sie damals zu zweit gekauft hatten, wieder an den alten Plätzen standen. Was war es doch für ein Spaß gewesen. Ein Glück, dass er Lina beim Aussuchen hatte beobachten können, ihre Fröhlichkeit, auch wenn sie damals nicht hundertprozentig bei ihm gewesen war.

Unfreiwillig erinnerte Tim sich an den Abend seines ersten Kusses. Die Faust, der Schmerz. Die Enttäuschung. Ohne es zu bemerken, fuhr eine Hand über seine Haare und tastete nach der Narbe, die von dem Sturz geblieben war. Eine Erinnerung, die ihn immer an dieses schreckliche Ereignis zurückdenken lassen würde.

Lina hatte seine nachdenkliche Miene entdeckt. Langsam schob sie sich an Tim heran und legte ihre Arme um seine Schultern. Hinter Tims Nacken faltete sie die Hände zusammen, sodass sie nicht auseinanderrutschten. „Das ist vorbei. Für immer", sagte sie, wie so oft, seine Gedanken erratend. „Du bist alles, was für mich noch zählt. Ich würde gerne die Zeit zurückdrehen und alles, was dir passiert ist, nie geschehen lassen." Trauer mischte sich in ihre Stimme. „Aber ich kann es nicht ändern. Es tut mir leid, so unendlich leid."

Eine einzelne Träne löste sich aus Linas Augenwinkeln und wanderte das hübsche Gesicht hinab.

Tim wollte sie nicht verletzen und traurig machen. Er wusste, dass sie nichts dafür konnte. Er hatte ihr doch schon längst verziehen. Er neigte seinen Kopf, wischte mit seiner rechten Hand die Träne aus ihrem Gesicht und drückte Lina an sich. „Ich weiß. Das weiß ich doch." Eine kurze Pause folgte. „Danke! Danke, dass du da bist!", flüsterte Tim ihr dann ins Ohr.

Er schloss seine Augen und blendete alles in seiner Umgebung aus, malte sich ein imaginäres Bild von Lina und schloss damit alle schlechten Erinnerungen in eine kleine Kammer in der hintersten Ecke seines Verstandes.

Tim spürte, wie sich etwas Weiches angenehm auf seinen Mund legte. Ein Kribbeln fuhr durch seinen Körper, erreichte Haar- und Fußspitzen. Wie schön war es, jemanden zu haben, der für einen da war.

Glückselig ließ sich Tim in den Strudel seiner aufkommenden Emotionen fallen. Sie trugen ihn fort von dem grauen Zwielicht, weg von dem schlechten Wetter draußen.

Eine Ewigkeit später, so schien es Tim, öffnete er seine Augen wieder. Lina drückte sich noch fest an seinen Körper, dann löste sie sich. „Ich muss dir noch etwas zeigen!" Sie nahm Tim bei der Hand und zog ihn quer durch den ganzen Raum. An der Stelle, wo früher das Bild hing, das er mit Lina ausgesucht hatte, waren zwei Nägel in die Wand geschlagen. Fragend hob Tim eine Augenbraue.

Linas Mundwinkel zogen sich nach oben. Mit einem Nicken deutete sie auf die Erde. Tim blickte zu Boden. Dort stand eine Leinwand, umgedreht, mit der bemalten Seite nicht zu sehen. Tim beugte sich hinab und griff nach dem Holzrahmen. Langsam, Stück für Stück, drehte er das Bild zu sich. Dann hielt er den Atem an. Tim kannte das Bild. Es war genau dasselbe, das auch in seinem Buch, seiner größten Erinnerung an seinen Vater, gelegen hatte.

Ein atemberaubender Sonnenuntergang beschien das Kornfeld in goldenem Glanz. In der Mitte der sprießenden Ähren standen Tim und sein Vater. Was für ein Geschenk, dachte sich Tim. Mit so etwas hatte er wirklich nicht gerechnet.

„Es war die Idee deiner Mutter", meinte Lina. Sie drückte seine Hand fester. „Er muss ein wundervoller Vater gewesen sein", fügte sie hinzu.

Lange standen die zwei vor dem Bild und betrachteten es stumm. Keiner sagte ein Wort, in stiller Übereinkunft ließen sie die Eindrücke auf sich wirken. Fast war es, als ob das Bild ein Fenster zu vergangenen Tagen zeigte. Eine Brücke zu einer Zeit, die nur noch in seinen Erinnerungen existierte und sich an jede Verbindung zur Realität klammerte, um nicht vergessen zu werden.

Danksagung

Als ich mit 16 Jahren angefangen habe, dieses Buch zu schreiben, hatte ich nicht vor, es jemals zu veröffentlichen. Alle diese typischen Teenagergedankten aufzuschreiben, ist damals einfach zur Routine geworden. Nach Hause kommen, Mittag essen, schlafen, Hausaufgaben machen, zum Training gehen, schreiben, und wieder schlafen.

Dass es nun doch so weit gekommen ist, verdanke ich vor allem meinen unzähligen Probelesern, von denen mich viele dazu ermutigt haben, das Buch doch zu veröffentlichen. Auch wenn es noch nicht perfekt ist und an der einen oder anderen Stelle noch nachgebessert werden könnte, ist Tims Geschichte es doch wert, erzählt zu werden.

Wie schon gesagt, gilt mein großer Dank allen meinen Probeleserinnen und Probelesern. Genannt sei zuallererst Jana, die sich als Erste dazu erbarmt hat, mein frisch geschriebenes Skript zu lesen. Deine Hinweise waren Gold wert. Danke auch an Josy, Laura, Katharina, Julia, Lena und Anna! Dafür, dass ihr euch die Zeit genommen habt, mir Tipps zu geben. Und natürlich vielen Dank an meine Cousine Sophie, die sich die Zeit genommen hat, das Cover für mich zu entwerfen.

So ein Buch ist, auch wenn es nicht so scheint, ein großes Projekt. Alleine für diese paar Seiten habe ich ein ganzes Jahr regelmäßigen Schreibens gebraucht, und vier weitere Jahre bis ich mich getraut habe, die Bits auf Papier zu bringen.

Und auch einen Titel zu finden war mehr als schwer. Erst sechs Jahre, nachdem ich angefangen hatte, die ersten Sätze zu tippen, ist mir ein Name eingefallen, der dem Charakter des Buches gerecht wird.

Ich hoffe, euch allen hat das Lesen immerhin etwas Spaß gemacht und die Geschichte hat euch gefallen.

Danke euch allen!!!

Über den Autor

Jannis Illgner wurde 1993 in Ratingen geboren. Er studiert Wirtschaftsinformatik mit dem Schwerpunkt Sales & Consulting in Stuttgart und Bamberg und verbrachte einige Zeit im Ausland.

Schon in jungem Alter zeigte sich seine Faszination für das kreative Schreiben. Mit 12 Jahren fasste Jannis bereits den Entschluss, selbst einmal ein literarisches Werk zu veröffentlichen. Seit der Pubertät lässt er daher nur wenige Gelegenheiten aus, Geschichten auf Papier zu bannen, sei es anfangs für Gedichte im Internet, im Literaturkurs in der Schule oder für dieses Buch. Dabei sind die behandelten Themen und Genres so unterschiedlich wie Tag und Nacht: Teenager-Lovestories, Weihnachts-Kurzgeschichten für Kinder und sogar tragische Erzählungen über das Schicksal von Waffenhändlern während des arabischen Frühlings gehören zu den Werken, die Jannis bereits verfasst hat.

Zeitfracht Medien GmbH
Ferdinand-Jühlke-Straße 7
99095 Erfurt, Deutschland
produktsicherheit@kolibri360.de